不曾远去
的春天

王芬霞◎著

陕西师范大学出版总社

图书代号：WX20N1640

图书在版编目（CIP）数据

不曾远去的春天/王芬霞著. —西安：陕西师范大学出版总社有限公司，2020.8
ISBN 978-7-5695-1620-3

Ⅰ.①不… Ⅱ.①王… Ⅲ.①诗集—中国—当代 Ⅳ.①I227

中国版本图书馆 CIP 数据核字（2020）第 084202 号

不曾远去的春天
BUCENG YUANQU DE CHUNTIAN

王芬霞 著

责任编辑	张建明 冯 玫
责任校对	张俊胜
封面设计	鼎新设计
出版发行	陕西师范大学出版总社
	（西安市长安南路 199 号 邮编 710062）
网　　址	http://www.snupg.com
经　　销	新华书店
印　　刷	西安市建明工贸有限责任公司
开　　本	700mm×980mm 1/16
印　　张	15.25
字　　数	150 千
版　　次	2020 年 8 月第 1 版
印　　次	2020 年 8 月第 1 次印刷
书　　号	ISBN 978-7-5695-1620-3
定　　价	40.00 元

如有印装问题，请与出版社联系调换。联系电话：029-85251429

为深度乡愁而建构的故乡之歌

阎 安

我一直认为，中国文化甚至汉语本身有一种天生的故乡情结，古今汉语诗歌未曾间断地贯穿着一条最深沉、最富有主体意味的传统，那就是书写主题和书写向度上永不疲倦、永不气馁的故乡和乡愁书写。在当代，书写故乡的诗人和诗歌已经如此之多，以至于关于故乡的诗若要再写出新意，写得不同凡响、写出自己的辨识度，对每一个诗人都意味着不小的考验。但是王芬霞还是拿出了她的厚厚的诗集《不曾远去的春天》，我个人认为这是她作为诗人对这一考验的一个别样的回应。

王芬霞写了一个失落的故乡，或者说写了在深深的失落中对那个业已不在的故乡的个人性打捞和灵魂性抵达。从艺术方法和意象倾向上看，她写得很传统，几乎罗列了一年四季所有的天象万物，那种所有人都能看到的大地景象和乡野风情，那种司空见惯、人人用而又用的意象，她那么执着地在乎它们，她表达任何情感，包括爱情、包括城市，都没有离开农历二十四节气中的事物。但是且慢，她也在一往情深地突破传统，她突破传统的地方就在于她并没有大而化之地沿用那些传统意象，而是用自我的情感和内心对意象进行了选择性的精确处理和微妙地细化淬炼，在诗歌内部实现了生活原型式的激情与纹理剔透的现代内化情愫的精致对应，这几乎是现代情感的智慧和技巧。比如她的三十多首写雪的诗中，能把雪花的不同形态和质感拿捏得各各有别，即使太阳和月亮这样最古老、最难个性化的意象，她也能够根据季节、自然和时空参照的不同而刻画到能够配合体温和心律奏鸣的精致之处，使之与特定的内心状态和诗意建构共生共鸣。很难设想在今天这样一个故乡被遗忘、被疏远的时代，或者说故乡失落在大地和世界深处的时代，仍然还存在着这种一笑三哭、呼天抢地、又喊又叫地对故乡的深情。很显然，这一切不是通过回忆能还原的，这是一种凝视，它源自自我对故乡的信念般的真诚。这也是一种创造和磨砺，用无休止的自我仪式，把业已不在的故乡从时代性的失落中拿捏出来，磨刀一样磨出来，仿佛自我和故乡之间用本体修辞本体的方式建构了基于并高于存在的永恒。

与之密切相关的另一个问题是，王芬霞诗歌这种对故乡的凝视从内心和精神维度的立场而言，显然只能来自异乡或者城市，在这里，故乡从美学伦理上是作为异乡或者城市的镜像而呈现的。如果故乡的价值是那些业已消失、拆解的事物，那么在今日现代化、城市化的语境下，那些仿佛一边倒的农历事物不厌其烦、不分青红皂白地还原和复活，它们是否只适宜于怀旧和寄托个人情思，并不能表达我们尖锐的时代？我个人的理解是，在异乡和故乡之间，从古至今都存在着一种本体之于本体的修辞关系，正是深度雷同化、同质化、类型化的现代性异乡和城市生活的深度压制和异化，那个作为现代人的源泉似的必然历史中的故乡被异乡人的城市困惑放大了、强化了，它同时也激发了人们对故乡和乡愁特质的依赖度、迷恋度。或许这样的理解并不能代表王芬霞故乡书写的主观诗学动机及其策略，但确实永远存在那么一个超越了诗歌书写本身的时代语境，我愿意从这一诗学立场出发认为，王芬霞偏执一端的乡愁表达所实现的那种类似自我命运般的深情投入和倾泻，同时也是对当下这个世界和人的全新态度与重新理解。

  我想顺带提及我所看到的本书双页版式的一个细节，就是每一行诗歌的结尾齐排，从视觉上感觉是句子的起点作了句子的终点，开头作了结尾，给人一种长短不一、深浅不一的杂乱感、动荡感和恍惚感，仿佛现实世界中异乡和故乡的错位，仿佛一种宿命，仿佛某种象征和隐喻，具有某种不肯顺从、不好掌控、打破常规的复杂秉性。是的，我们的确生活在一个没有故乡，也没有远方的碎片化时代，当此之时，唯有内心的树冠和地平线，才是那故乡的云脚跌宕起伏、澎湃不息的领地。人不能变成物质，即使在迷失之中，我们仍然应该满怀深情地怀抱尊严和诚挚的故乡之歌，在碎裂分化中坚守源泉的检测和那比梦想加工厂更难掌控的丰满。

（作者系陕西省作家协会副主席，鲁迅文学奖获得者）

目录

第一辑 故乡情思

黄土地 / 3
故乡的水磨 / 4
麦地 / 5
山谷 / 6
乳名 / 7
钥匙 / 9
西行的列车 / 10
日子 / 11
槐树 / 12
麦子黄了 / 13
六月的沙枣花 / 14
向北 / 15
饱满 / 16
点燃 / 17
芦花 / 18
不曾远去的春天 / 19
一只鸟的沉思 / 21
父亲 / 23
老屋 / 25
北方的雪 / 26
冬天的路口 / 27
疯长的城市 / 29
我知道风向的坐标是朝着故乡的方位 / 30
天边 / 31
离开 / 32
放飞 / 33
大山 / 34

I

生锈的月光 / 35
皱褶 / 36
杏树 / 37
穿行 / 38
六月六 / 39
那片辽阔的蓝 / 40
行走的月亮 / 42
小院 / 43
小村 / 44
回家 / 45
眺望 / 47
惊梦 / 48
老槐树 / 49
寂静的老屋 / 51
对两棵树的思念 / 52
父亲的铜梳 / 53

问夜 / 56
谷雨 / 57
风吹田野 / 57

第二辑 如歌岁月

大野口的月亮 / 61
追梦 / 62
荷 / 64
行走 / 64
过往 / 66
静看花开 / 67
窗外的树 / 68
阳光 / 70
春雨 / 71
春天的花，夏天的雪 / 71

草地寻踪/72
水中的太阳/73
太阳雨/74
与春风同行/75
春雪/76
秋意/77
没有阳光的日子/78
看不见的风景/80
石榴/81
敲门/81
走进冬天/83
自信/84
温柔/85
荡秋千/87
芦苇河/88
夜风/88
今夜,有雨敲窗/90
思绪/91
秋夜(一)/91
秋夜(二)/92
心事/93
生命的四季/94
今天/96
绿叶/97
苹果会像叶子一样飘落吗/98
金色的大地/99
小满/100
秋声/101
落叶的梦/102
青春/103
醉了的时光/104
大地/105

青石板 / 106
远方的星空下 / 108
花瓣 / 109
包裹雨的云破了 / 110
石头 / 111
大野口 / 112
媲美 / 112
千帆过尽 / 113
雁 / 115
四季的风 / 116
往事 / 117
大野口之恋 / 118
春天里的又一场雪 / 120
兰州今天十七度 / 121
荷塘花鱼 / 122
十月 / 124

第三辑 爱的絮语

年轮 / 124
远方的河 / 126
林中鸟 / 127
山羊 / 128
一树花开 / 131
秋叶 / 132
凝望 / 132
颤音 / 134
清香 / 134
靠近一棵树 / 135
不要把我留在冬天 / 136
背光 / 138
记忆 / 139

杨柳情思（组诗）/140
背影/142
爱河/143
眸/144
浪花/145
飘零/146
窗/147
废墟上的脚印/148
许多年后/149
错失的花/150
黎明/152
心雨/153
远去的秋天/154
距离/155
秘密/156
重生/157

离别/158
那个秋天 那个黄昏/159
无边的岸/161
彩云/162
雨中花/163
那一地的鲜花/164
风再没有提起你/165
心的穿越/166
不再孤独/167
花开的夜/168
心 在蝴蝶的翅膀上飞/169
青春岁月/171
寒/172
破碎的心/173
往后的时光/174
漂泊的心/175

V

甜蜜／176
失落／177
又是三月三／177
秋的对话／178
远看云烟／180
洒满忧伤的小路／181
告别／182
暮色／183
被风提起的往事／184
云在飘／185
那时 云淡风轻／186

第四辑 塞北江南

镇远楼／191
丹霞／192
血色土地／193
风景／195
马／195
月照边关／196
仰望军旗／198
卓玛／200
时光／201
月光下的驼队／201
兰山／203
昨夜的风／204
漠风／205
河边／206
黄河岸，浪花的沉思／207
月牙泉边／208
扁都口／209
七月的思念／211

雪峰 / 212
高原 / 213
坚守 / 214
黄河之都 / 215
心怀感激 / 216
青瓦 / 219
说不尽的江南 / 220
绿岛 / 221
凤凰花 / 222
西湖 / 223
江南行吟 / 224
峨眉山之夜 / 225
刘公岛 / 226
江南 / 228

后记 / 229

第二辑 故乡情思

黄土地 / 3
故乡的水磨 / 4
麦地 / 5
山谷 / 6
乳名 / 7
钥匙 / 9
西行的列车 / 10
日子 / 11
槐树 / 12
麦子黄了 / 13
六月的沙枣花 / 14
向北 / 15
饱满 / 16
点燃 / 17
芦花 / 18
不曾远去的春天 / 19
一只鸟的沉思 / 21
父亲 / 23
老屋 / 25
北方的雪 / 26
冬天的路口 / 27
疯长的城市 / 29
我知道风向的坐标 / 30
是朝着故乡的方向

天边 / 31
离开 / 32
放飞 / 33
大山 / 34
生锈的月光 / 35
皱褶 / 36
杏树 / 37
穿行 / 38
六月六 / 39
那片辽阔的蓝 / 40
行走的月亮 / 42
小院 / 43
回家 / 45
翘望 / 47
惊梦 / 48
老槐树的老屋 / 49
寂静的老屋 / 51
对两棵树的思念 / 52
父亲的铜梳 / 53
问夜 / 56
谷雨 / 57
风吹田野 / 57

黄土地

厚厚的黄土地
祖祖辈辈生活过的黄土地
一颗汗珠子摔八瓣的黄土地
日出而作日落而息的黄土地
生长过包谷大豆的黄土地
生长过土豆胡麻的黄土地

那高高的白杨树洋溢着正直高尚
那梨树杏树桃树结满了浓浓乡情
那哗哗流淌的河水是亲切的乡音

冬天飘雪春天刮风的黄土地
夏天抽穗秋天结果的黄土地
牛羊成群的黄土地
笑语盈盈的黄土地
歌声飘荡的黄土地

行走在黄土地
满眼都是情　处处都有爱
跪倒在黄土地　双手抚摸黄土地
额头亲吻黄土地　掬一捧黄土
叫一声我亲亲的娘
泪花花就湿了眼窝窝

故乡的水磨

伴随太阳旋转
伴随月亮旋转
悠长的日子
一圈圈旋转
水磨把粗糙的日子磨平

沉重的水磨
磨过菜籽,也磨过胡麻
扑鼻的香味
浸透了凄苦的岁月
悠悠河水
流淌欢乐,也流淌苦涩
古老的水磨
把乡村的日子磨亮

守磨房的老头
老得像那盘石磨
衣服油渍,脸上油光
大年三十前
他总会给母亲留点磨碎的胡麻
母亲则会送他五个点心
卷有胡麻、苦豆蒸出来的馍
让我品到年味飘出油香

如今，水磨淡出人们的生活
吱吱呀呀的声音听不见了
故乡的小河
却依然流淌着我几十年的情思
古老的水磨
也依然在我的记忆里旋转
哼唱着一支听不倦的歌谣

麦地

金风送爽
麦穗　饱满的麦穗
鼓胀的麦子欲挣脱麦芒的薄衣
风中的身影起起伏伏
有时像父亲挺直的脊梁
有时像母亲弓一样的背
麦浪排山倒海
在父亲心中掀起巨浪海啸
麦地，金黄的麦地

麦，被爱心浇灌的麦地
被目光揉搓的麦地

雀飞蛙鸣的麦地

父母精心耕耘的麦地

麦香的味道在风中弥漫

一种诱惑直达胃部

往后的日子每天都无法与麦子分离

麦子正在我体内生根发芽

我像麦子般饱满成熟

父亲看我像看一支麦穗

山谷

山谷吹来的风

驱赶着歌谣　牛羊在走

一片云的影子

背着手缓慢地踱步

一块石头竖着耳朵听歌

排遣很久的孤独

一道瀑布正挥舞银白的裙裾

半坡上的那片松林

正举目远望

一簇簇兰花

冒着蓝色的火焰

一朵蒲公英
孤单地炫耀金黄
一只雄鹰
警惕地巡视自己的领地
山梁上的几头牦牛
牛角刺穿了白云
牧羊女的心事
草一样疯长
太阳，又往高爬了一截
轻轻嗅着野花的芳香

乳名

乳名，也叫小名
乳名是父母叫的
是哥哥姐姐叫的
父母叫哥哥姐姐大名
却总叫我乳名
那时我期盼，啥时候
父母亲也能像叫哥姐那样
叫我大名
他们叫我大名
意味着我长大了

他们再也不把我当小孩看了

上小学了
在学校老师叫大名
同学叫大名
后来父母也开始叫大名
乳名很少有人叫了
再后来
自己也淡忘了乳名
似乎与自己无关了
前些天回家看望大姐
我拉着她的手
她看着我的脸
喊了一声乳名
我觉得乳名是那样亲切
大姐是那样亲切

现在
知道我乳名的人越来越少了
有人喊我乳名
该是多么幸福的事
小时候，总想长大
让人喊大名
现在老了，又想回到小时候
让人喊乳名

乳名是长在身上的胎记
只有亲人知道
亲人们一个个走了
乳名
只有院里的那棵沙枣树知道

钥匙

离家的时候
拿了一把钥匙
不仅仅因为回来能打开家门
一把钥匙
连着故乡的院子
故乡的家
以及院子里的花朵
花朵上翻飞的蜜蜂　蝴蝶
屋顶上袅袅的炊烟
一把钥匙离家多远
都带着故乡的温度

挂在腰间的钥匙
带给我金属般的记忆
院里的猫狗来回走动

妯娌们的说笑声

从树叶上滑落

钥匙碰撞的声音

如同母亲的呼唤

钥匙，闪亮的钥匙

在黑漆漆的夜中

我打开了一扇光亮的门

西行的列车

高铁疾驶

把我带上回家的路

列车穿行在黄土高原

列车穿行在青藏高原

穿隧道　跨高桥

越草原　过绿洲

电线杆向后掠过

绿洲沃野扑面而来

和谐号动车

像海里游弋的巨鲸

西望祁连

回乡的路曾经多么漫长

颠簸的公路

第一辑 故乡情思

缓慢的列车
路途遥远而漫长
而现在回乡
疾驶的动车
缩短了时空
转眼之间
故乡已近在眼前
向西，向西
那里有童年的记忆
那里有少年的苦涩
那里有皑皑的雪山
那里有花的海洋
故乡，深深的思念
故乡，长长的牵挂

日子

日子
是星星　月亮　太阳
是天空的蓝与黑
日子
是大地的春秋　冬夏
是柴米油盐醋

日子
重复着单调的日子
日子
一天与一天不一样

年复一年日复一日
多少个日子在风雨中奔波
多少个日子在辛苦中忙碌
回眸走过了多少坎坷曲折
流下了多少汗水　泪水
恍惚，已人到中年
母亲的针早已穿透岁月
她常说日子要细细过

槐树

天上轻盈的白云
沾染了一些槐花的气息
芬芳的槐花香
迷醉了跌跌撞撞的太阳
槐树绿了
夏天才真正地来了
一片片向上勃发的叶子

第一辑 故乡情思

抒发自己的情怀

风在树的耳边
说着悄悄话
那一池清纯的河水
把槐树的影子一圈圈扩散
槐花的清香
与太阳一起散发

槐树的身躯
苍老得像父亲
父亲那时受的苦太多
憔悴的脸就像槐树皮
而槐树呢　你经历了多少风雨
坐在槐树下
回想多少年以前的往事
我，泪流满面

麦子黄了

麦子黄了
田野，从绿色变成了金色
农人的眼睛泛着金光

一穗穗颗粒饱满的麦子
从田野走进了国徽
金灿灿的麦穗呀
就有了几分庄严几分神圣

朝霞中麦田变换了色彩
变成赤橙黄绿青蓝紫
这多姿多彩的麦穗呀
托举着五彩的梦和希望

麦子真好
昨夜做梦
我家的麦子
都长到了天安门广场
那里　一片金黄

六月的沙枣花

还记得东仓湾湾里
那一棵棵沙枣树吗
每年六月里
金黄的沙枣花
开遍沟坡

清香弥漫十里
折一枝沙枣花
插进瓶里
连蜜蜂都会飞进屋里
这黄色的小花呀
装点着东仓湾湾
摇曳在我童年的梦里
耐旱的沙枣树呀
不惧风沙
初夏的一场大风
没有吹倒我
沙枣树
已生长在我体内

向北

你说一路向北走
那里在下雨
下雨的地方
是梦里故乡
遥远的山村
有一些绿色的传说
被雨打湿

秋风秋雨

洗尽铅华

柳树下放飞的思绪

秋雨般缠绵　向北

拣拾那些记忆的碎片

走过泥泞

走过芳菲

脚印　深深浅浅

小溪边　黄花吐艳

灿烂了旧日的时光

曾经的故事

湮没在风雨之中

走过春夏秋冬

却走不出你深情的眸子

饱满

秋天驶向金黄

庄稼撑圆了落日

秋虫的呢喃

饱满了耳朵

蜻蜓立在荷叶上
倾听湖水的心跳
晚霞，正在描摹一天的辉煌
牧归的牛羊
浑圆的屁股滑落了一声鸟鸣
炊烟，正传递新麦的味道
秋天，装进了鼓鼓的麻袋
装进了少年滚圆的肚皮
圆圆的日子
长长打了一声饱嗝

点燃

父亲点燃一支烟
让冬天温暖
一支烟
抹平了父亲额头的山川

母亲点燃了灶台上的火
一堆火冒出的炊烟
给放学后的我
带来多少遐想
麦子的香味

像火舌一样舔着我

成年后
我手轻轻一拧
就点燃了
灶台上的天然气
火焰
已经不是曾经的柴火

芦花

芦花的声音
荡漾在温柔的风中
鸟儿的喜悦
在芦花间传递
芦花托起鸟儿的梦
风梳理鸟儿的羽毛
鸟儿像芦花般绽放
有水的地方
芦苇就能开花
有芦花的地方
就能听到鸟儿的歌声
芦花

与太阳一起歌唱

芦花

冬天的风景
摇曳风晨霜月
你的淡雅轻柔
你的刚强
乃至铁骨铮铮
是生命的不朽
尽管褪去绿色
也要在荒芜的冬天
绽放灿烂的美丽

不曾远去的春天

你说天蓝透的时候
云彩才会那么洁白
你说雨多情的日子
才会有美丽的彩虹
你说草发青的时候
乡野就会生长传说

一条奔腾不息的河流

流淌着春天　流淌着夏天

桃花粉嫩的花瓣

如少女的脸颊

洁白的梨花

如村民纯洁的心

小村　如诗如画

如梦如歌

春来春去

花开花落

夏天的叶子摇动缕缕情思

我在风景里找风景

我在夏季里寻觅过往的春天

那浓浓的花香

飘荡着春天的香味

绚丽的花朵

还是春天开放的那朵

春天　就未曾远去

只要有梦

就会生长绿色

一只鸟的沉思

你站立在枝头
卧着身子
一动不动
任凭风卷起你的羽毛
你内心坚定
一任长风掠过
你一声一声不停地叫
你在呼唤什么
你在唤醒黎明　山谷　原野
你在呼吸天空　大地
你不停地鸣叫
你在向谁宣示
你的存在

你抖动着灵巧的翅膀
飞向树梢　屋檐　窗台
对着熟睡的人叫唤
起床　起床
你叫醒他们
拥抱阳光

你叫累了的时候
就会蹲在枝头沉思

你的姿势

真像个哲人

你在想

你是从哪里来的

你斜视了一下旁边

眼睛又闭上了

你居然对天空　树木　大地

有点蔑视

你唯我独尊

你在想

森林不能没有我的身影

天空不能没有我的飞翔

大地不能没有我的梳理

世界不能没有我的声音

你在想

当明天清晨来临时

你以什么样的音调

和崭新的阳光

合唱

父亲

您是天上的那颗星星
总是深情地注视我
一缕星光伴我前行
披着星光
我想起了您温暖的怀抱
您的羊皮袄
您的旱烟味
您扎人的胡子
今夜您孤独地看着我
我孤独地思念您
您的气息
包裹着我

我是您五十六岁的作品
您以我　证明您的伟岸
中等个儿的您
从此高了一截
山羊胡　甩下一地自信
逢人就说
我的小女儿太漂亮了
您如山的父爱
压得我心疼

您送我上学

我的脚印

重叠着您的脚印

冬天放学走出校门

您用双手捂热我冰冷的脸

我仰望您

体会您的温情

父爱

印在脸上

洒在长长的路上

您终未能看着我长大

我十多岁时

您走了

叫一声父亲

一片沉寂

爸爸两个字

成为奢侈

从此后　在没有您的岁月里

我风雨兼程

今夜　我把思念打包

就让月光捎给您

老屋

我又在村口望了一眼
又看见了寒风掠过的老屋
门前的老梨树
在太阳下伸着懒腰
那个熟悉的不能再熟悉的小院
杂草萋萋
公婆离世后
这个家也就散了
兄弟姐妹们各自去忙乎自己的生活
没有人居住的老屋空空荡荡
院里的农具还在原地放着
那把铁锨
铲走了公爹多少汗水
那口铁锅
婆婆把多少飘香的岁月煮熟
睹物思人
那些苦难的日子
你们是怎么熬过来的
思念的波涛
滚过老屋前空旷的田野
一粒失了心的种子
种下心语
老屋

遮挡过多少日月的风寒
没有袅袅炊烟
老屋没了生机
那几棵老梨树上
小鸟静静地晒着太阳
天空依然那么晴朗
家却只能在记忆里回望
公公婆婆的身影化成了老树
一滴泪落入树根
老屋
风雨飘摇中的老屋

北方的雪

大雪
从高天而下
却无声无息
雪花　六瓣的雪花
有时像花
温柔地吻你
有时像锯子
锯得你伤痕累累

第一辑 故乡情思

下雪了
我们打雪仗
堆雪人
父亲扫雪
母亲踩着积雪
喂鸡　喂猪
他们在风雪中劳作
再后来
他们的头上
飘满了白雪

你的语言是水
你的对话是纯洁
祁连　昆仑　冈底斯山上的雪
滋润江河
也滋润心田
邂逅一场雪
一场北方的大雪
沉浸在风花雪月的故事中

冬天的路口

岁末的风

吹进冬天的路口
站了多少年的老榆树
把最美的风景给了
春天　夏天　秋天
如今它站在冬天
光秃秃的枝丫
裸露在阵阵寒风中
一只鸟在枝头沉思
一只喜鹊叫了一声
这是它们栖息的家园

母亲常常在冬天的路口等我
她和那棵老榆树并肩站立
冬天天黑的早
她怕我胆小害怕
她怕我在冰雪中摔倒
凄厉的风
吹得老榆树的枝丫呜呜哀叫
鸟儿和喜鹊早都睡了
它们的巢一定温暖
母亲等到我时总拉着我的手回家
我小鸟依人般跟她走
我高中没毕业母亲走了
她是冬天走的

送她时
经过了那棵光秃秃的老榆树

疯长的城市

那一座座塔吊
正把城市吊高
一座座楼房
如同雨后春笋
疯一样地长
即便是寒冬季节
也在拔节生长
那些高楼大厦
蓝天挽着它们的手
白云为它们擦拭尘埃
城市
像童年的我
一天天长高

城市像棵树
树梢往高长
树根往土里扎
地铁

从黄河底下穿过

那些施工的人

如同土行孙

都有遁地术

盾构机如同蜘蛛

正把地底织成一张网

一条条蛟龙横舞

串通角角落落

串通中川机场

天上飞的

地上跑的

风驰电掣

疯长的城市

每天都有好多过时的东西成为垃圾

每天都有好多故事成为旧闻

每天都有新的奇迹

我知道风向的坐标是朝着故乡的方位

那里的桃花　杏花

曾经为我开放

虫鸣　蛙叫

就在今夜举行
它们或许是准备好给夏日的盛宴
抑或是给无限春光唱的离别安魂曲
它们之间相隔的那么近
心却离远了池塘边
这颗蛙虫叫喊的心让月光带走了

天边

天的尽头还是天
我在寻觅那朵丢失的云
你飘向何方
辽阔的天空没有了你的身影
心在天边游离
流浪的云
载着往日的沉重

什么时候你能回来
依旧飘在故乡的上空
我坐在爬满小草的山岗
凝望天边的天边
那里是一片湛蓝
你在远方的远方

槐花的香味已弥漫五月

你杳无音信

我在寂寞的天空

洒下白云的种子

离开

离开老树的那一刻

枯树的眼睛正在深情地看我

我心凄凉

我像老树上的一片叶子

在寒风中飘零

小路

像一条绳子

把我绑得很紧很紧

别了,古巷

别了,故乡

远方,有一片不一样的天空

那里的风雨

正准备敲打孤独的灵魂

放飞

放飞一只鸽子
一只小鸟
一只风筝
它们是我的探路者
放飞它们
让理想高于现实
让灵魂高于肉体
放飞
我感受到了俯视
带来的震撼和快感

放飞
不满足于低处的现状
期待一次又高又远的飞翔
倾听星空的对话
如果飞得再高一点
可否看到大地云一般留下的影子
可否看到高处的灵魂
恍惚间
我不知家乡的老屋
曾经真的存在
还是个幻觉

大山

挺拔
一如雄性的隆起与伟岸
山是刚烈的父亲
河是温柔的母亲
感悟山的气息
感悟坚强与厚重
一朵云
在山脊跌落了自己的影子
没有喊疼

一棵松树的眺望
是拟订松籽的行进路线和归宿
一片叶子的坚守
正在抵挡秋风的杀气
一棵草
内心的澎湃一如大海
大山的巨臂
挽起了散落的村庄
一个老汉
又到半山腰的田地
挥舞自己剩余的时光
大山　宽厚而多情

生锈的月光

废弃的庭院
盛满了老旧的日子
正午的阳光
依然眷顾无人的院落
跳进窗口与老屋对话
杂草
在曾经的小路上疯长
无人走动的路
已经称不上路
曾经的脚步
正踩着城里的路

铁锹　锄头　镰刀
正在收获尘埃和锈迹
蜘蛛网正在封存曾经鲜亮的日子
麻雀俨然成了主人
叽叽喳喳散布自己的名片
蹦蹦跳跳　飞来飞去
猫　狗　在记忆里走动
老屋里的主人
已溶入这片土地
老屋的后人
到了远方和城市

岁月

总会淘汰一些人　一些事

包括老屋

今夜月光也会躺在老屋生锈

皱褶

大山的皱褶

藏着太阳　月光　星光的秘密

藏着风掩埋的往事

皱褶，山的波浪

起起伏伏

羊群，把日光踩得支离破碎

云影

正加重皱褶的色彩

一棵老杏树

皱褶里藏着风雨雷电的凶猛

杏花怒放

杏子飘香

花开的秘密

皱褶知道

父亲脸上的皱褶
是风的凿子雕刻的
是岁月的锤子敲打的
山峰耸立
江河横溢
那些坑坑洼洼
都是艰辛的路
母亲的电熨斗
烧红了都熨不平
父亲脸上的皱褶
父亲带着那些山水
使劲往前走

杏树

春天的气息
从花蕊中溢出
被老树的梳子梳洗过的风
正在传递春天的芬芳
鸟的语言
正在追赶花香
举手
清香从指缝滑落

大风过后

杏花雨飘飘洒洒

掩埋一缕缕乡愁

花瓣

在草地 河流裸奔

留下一串串哀叹的脚印

杏树

正在打磨时光的年轮

杏花 杏子

一抹亮色越来越鲜艳

穿行

远望白云悠悠

青山如黛

麦田里写下深爱的故乡

小溪边荡起思乡的涟漪

穿行的路上是悠长的回味

高飞的燕子带来乡愁一缕

道旁的绿色

是童年写下的诗行

昨天的阳光

纷纷回到了庭院

万物都在孤单中穿行
我独拎着潮湿的月光
青色泛起一片凄凉
渐稠的夜色
又抹下了一笔凝重
雕花门框里藏着经年往事
再次隐入故乡的苍茫

六月六

六月六拌露水
妈妈的六月六
是浪漫的记忆
是温馨的回味
小路通向更远的田野
有人惦念草叶上的露珠

城河淌着汩汩的流水
芦花摇曳美丽的身姿
草与花
托着晶莹的露珠

左边采一朵花

右边采一朵花

手捧野花

笑脸与鲜花

原野上最靓丽的风景

露水打湿了裤腿

露水滚落了一地欢笑

露水折射鲜亮的世界

露水在母亲心的花瓣上滚动

那片辽阔的蓝

那片辽阔的蓝

总在心头

父亲抬头

擦擦脸上的汗

又把远方眺望

远方

白云悠悠

父亲担心麦子没有割完

天气刮风下雨

一些焦灼的云

飘在父亲的脸上
母亲又给父亲倒了一茶缸水
她看看远方
一片蔚蓝
短期内不会下雨
那片蓝天呀
给父母多少安慰

日子
被镰刀一天天收割
天空依然蔚蓝
白云依旧悠悠
地埂上野花绽放
羊在小溪边吃草
父母在田野上劳作
身子一起一伏
晶莹的汗水
泪水般一滴滴洒落
多年之后
那片辽阔的蓝
都留在我的记忆中
成为永恒的风景

行走的月亮

月亮走
我的心被月亮牵着走
中秋的月亮
比平时的月亮丰盈晶莹
凝望白白的月亮
多像母亲做的大馍馍
咬上一口
一定很香很甜

月到中秋
满眼都是成熟
叶子金黄
月光皎洁
蝉与蛙鸣
把秋天鼓动
月光洒满荷塘
睡莲荷叶
花前月下
遍地诗情

小时候
中秋这天要献月
母亲蒸上大大的月饼

上面有美丽的图案
献在桌子上
让月亮享用
还有瓜牙　果子
月亮可知我们的心
十五，圆圆满满的十五
我和月亮相伴
今夜，我就想枕着月亮入眠

小院

小院
装着太多的记忆
盛着太多的欢乐
飘着淡淡的忧伤
母亲的唠叨
父亲的叹息
妯娌们的说笑
总在小院萦绕
年轻人周末总是把太阳睡红
老人们领着孙子把阳光挥洒
大黑狗尾巴摇着悠闲
小花猫踩着优雅

树叶婆娑
揉乱一地细碎的阳光
鸟儿
还在叽叽喳喳谈天说地

花的芳香弥漫小院
窗户里飘来萨克斯的声响
悠扬顿挫的音调勾起乡情一缕
思乡曲让我浮想联翩
回家的心情那样急迫
小院
我想轻轻地对你倾诉

小村

小村的炊烟
托举起小村斑斓的梦幻和勃勃的生机
小村的树
一次次伸出热情的双臂
拥抱离乡的游子
小村的土地
承载着我无法言语的爱
在早晨的阳光下

第一辑 故乡情

小村慈祥而恬静
你站立的样子真美
在困难的时候
在冰天雪地
你从来没有屈膝卑微过

我在小路上寻找往事
在小溪边倾听小村欢乐的倾诉
我深深地呼吸
呼吸你的芬芳
我听到了狗的吠叫
我听到了鸡的鸣叫
我看到了一头牛的矫健
小村,又一次让我的心灵
掀起一层一层浪花
站在小村的热土
我的感情是多么脆弱
我的语言是多么贫乏
小村,生命的故土

回家

一个念头那样执着

回家
我要回家
心像蝴蝶飞舞
草已静如祁连
为何会有鹿的冲动
回家
回到我最初的地方

子弹头列车
在时空中穿行
恍然出现了
张骞　班超　玄奘跋涉的身影
他们孤寂的脚步
在历史的古道上行走
传来了黄钟大吕般的回声
故乡
厚重的土地
西望祁连
我的灵魂被雪水浸透
大野口的风
又在翻阅往昔的时光
掬一捧黑河的水
溶入故乡的浪花

我还能不能读懂田野的诗意
我喜欢的小花
还那样静静开放
东仓湾湾的芦苇
正搅拌着夏天
有些情感
要用泪水来体验

眺望

眺望
眺望通向远方的小路
离家的游子可曾归来
眺望那一座座耸立的高山
山中究竟藏着多少秘密
眺望那只高飞的鸟
它的故乡在何方
眺望天边的那朵白云
云朵之上可曾寄托着你的柔情

你站在老树下眺望
是为离家的儿女送行
还是等待亲人的归来

抑或是排遣你内心的孤独

你站在五月的蓝天下

你站在五月的花香中

眺望

你站立成了风景

所有投向你的目光

都写着亲切　真诚　信任

风啊

请不要带走你的爱

惊梦

心

一直在小巷里幽居

直到有一天

对面的街上有人认出了我

站在路边大声呼喊我的小名

我凝目注视

多么亲切的面孔

我向他跑去

他也向我大步走来

突然我脚下一滑被摔倒

怎么也爬不起来

我着急的大声喊爸爸　爸爸
可爸爸突然不见了
梦里醒来
惊出一身冷汗
天隔一方三十多年的父亲
你也在梦中思念女儿吗

老槐树

清晨　老槐树的枝丫里
飞出了一只雏鸟
歪歪斜斜　摇摇晃晃地飞
后面追上来两只大鸟
哇哇的叫声划破晨光
大鸟　在树顶上来回盘旋
叫声洒满了悲情
悲鸣在大地颤动
老槐树的叶子在颤动
一片片　一叶叶飘零

幼鸟飞走了
大鸟飞走了
鸟儿们全都飞走了

最后一只鸟儿带走了最后一片叶子
带走了最后一声鸟鸣
打乱了槐树开花的秩序
生命的秩序
一树的风景　向后隐去
没有回声

空空的鸟巢　孤寂的鸟巢
没有鸟鸣的日子过于安静
苍老的槐树已支撑不住
它翘望　等待
一生的孤单就这么站着
一片感慨的叶子沾满了心酸
晚霞照耀着裸露的树皮
老槐树在不停的流泪
它心已碎了
村西头小王庄的那棵老槐树死了
死在长长的空寂中
后来　人们发现
裸露的树干刻着二爷的忌日
像一块荒凉的墓碑

寂静的老屋

万籁俱寂
鸟的鸣叫
从屋檐上滑落
没有了倾听的耳朵
疯长的杂草
正在掩埋曾经的小路
远去的时光
带走了往日的喧嚣
纷纷坠落的月光
溅起一地凄凉

没有了烟火
老屋冷冷清清
没有灯光的窗口
如同盲人般茫然
黑暗像幽灵般四处徘徊
站在老屋
我心凄然
远方的我
究竟牵挂着什么

站在老屋
我听到了我出生时的啼哭

我看到了奔跑的我

这里是我的血脉所系

来年春天

我要栽树　种菜　种花

清除杂草　蛛网

让烟火燃起来

灯光亮起来

让老屋

盛满我儿时的欢乐

对两棵树的思念

一棵大树是父亲

一棵小树是母亲

他们不曾离去

一直在我心的土壤生长

叶子哗啦哗啦

排遣我的寂寞

盛夏　我在树下乘凉

就像在父亲的肩头

母亲的怀抱

大风从树梢走过

树的身子弯成了弓

我听不到风走路的声音

树与树牵手　相望
一棵树就撑起一片天空
透过枝叶的缝隙
能看见阳光　白云
夜晚
月光　星光闪耀
大树
总是展示伟岸　挺拔
小树
总是把天空擦了又擦
把月亮洗了又洗
树的年轮增了一圈又一圈
后来
两棵树都消失了
我独自面对骄阳　风雨
怀念从前
怀念两棵树

父亲的铜梳

那把发黄的小铜梳

不梳理头发的年代久远了
它像一条鱼
搁浅在沙滩上
任凭雨打风吹

这把小铜梳是爷爷留给父亲的
爷爷把小铜梳留给父亲
也把责任和担当留给了父亲
从我记事起
父亲总是坐在方桌边
一边喝茶
一边梳头　梳胡子
他那般惬意
仿佛挥动铜梳
就是他人生最大的享受
铜梳，梳走了多少斑驳的岁月

夏天的清晨
鸟儿叫醒黎明
院里沙枣树开满细碎的小黄花
父亲常站在树下
一边梳理胡须
一边也用目光梳理沙枣树
呼吸花的芬芳

第二辑 故乡情思

小铜梳

伴随了父亲的一生

父亲年轻时

拉着骆驼去北平　天津　西安做生意

奔波在异乡

手握铜梳

不知留下了多少思乡的泪

母亲说

父亲一去三四年才回来

回来了　母亲会用小铜梳

给父亲梳梳胡须

再端上热气腾腾的饭菜

斗转星移

如今　父亲走了快四十年了

看到梳子

就好像看到了父亲

父亲

您多像那把铜梳

把岁月梳理的井然有序

把子女们梳理的干净整洁

手握铜梳　睹物思人

思念父亲

泪水潸然而下

问夜

如果不拉下你的帷幕
星星就不会挂在你的胸前
月亮这艘弯弯的小船
就不会在你黑漆漆的湖里
划来划去
点燃一堆篝火狂歌劲舞的人
是不是把黑夜烧一个洞才快乐
今夜
黑黑的风
从何处呼啸而来

黑黑的夜
我的心会从龙首山坠落吗
黑黑的夜
我的黄铜茶壶的水还冒着热气吗
黑黑的夜
流星像根火柴
正在擦夜的砂纸
翻越乌鞘岭的夜班车

两只眼睛在黑夜能看多远
在祁连山下的小村
黑夜,正被母亲的炕洞烧尽

谷雨

跟随着母亲和兄长
穿过篱笆墙,种下水稻和玉米
布谷鸟掠过春的上空

云在汇集
雨即将从民谚中落下

风吹田野

轻柔的云载着我的梦
湛蓝的天
延伸无边的遐想
七月芳菲
灿烂了炎夏流年
风吹田野
麦香涌动蓬勃的希望

油菜花海

开遍人间大美

蜜蜂只识香滋味

骑白马的少年郎

策马奔向天边

桃儿红，杏儿黄

芳香的味道

弥漫成熟的原野

夏日骄阳

播撒火一样的热情

农家的日子被太阳烤红

小河的水

流淌着一首古老的歌

歌中有你也有我

高天流云

我跟你在花海中逐梦

田野上吹来清凉的风

第二辑 如歌岁月

- 大野口的月亮 / 61
- 追梦 / 62
- 荷 / 64
- 行走 / 66
- 过往 / 66
- 静看花开 / 67
- 窗外的树 / 68
- 阳光 / 70
- 春雨 / 71
- 春天的花，夏天的雪 / 71
- 草地寻踪 / 72
- 水中的太阳 / 73
- 太阳雨 / 74
- 与春风同行 / 75
- 春雪 / 76
- 秋意 / 77
- 没有阳光的日子 / 78
- 看不见的风景 / 80
- 敲门 / 81
- 石榴 / 81
- 走进冬天 / 83
- 自信 / 84
- 温柔 / 85
- 荡秋千 / 87

- 芦苇河 / 88
- 夜风 / 88
- 今夜，有雨敲窗 / 90
- 思绪 / 91
- 秋夜（一）/ 91
- 秋夜（二）/ 93
- 心事 / 93
- 生命的四季 / 94
- 今天 / 96
- 绿叶 / 97
- 苹果会像叶子一样飘落吗 / 98
- 金色的大地 / 99
- 小满 / 100
- 秋声 / 101
- 落叶的梦 / 102
- 青春 / 103
- 醉了的时光 / 104
- 大地 / 105
- 青石板 / 106
- 远方的星空下 / 108
- 花瓣 / 109
- 包裹雨的云破了 / 110
- 石头 / 111
- 大野口 / 112

- 媲美 / 112
- 千帆过尽 / 113
- 雁 / 115
- 四季的风 / 116
- 往事 / 117
- 大野口之恋 / 118
- 春天里的又一场雪 / 120
- 兰州今天又十七度 / 121
- 荷塘花鱼 / 122
- 十月 / 124
- 年轮 / 124
- 远方的河 / 126
- 林中鸟 / 127
- 山羊 / 128

大野口的月亮

我最孤单的时光
是和最美的月亮度过
那个蛮荒的深山
我除了看山，看水，看树
就是看月亮，数星星
数着数着就数乱了
从头再来
星星挤着眼睛笑我
我的孤单
只有月亮知道

不堪回首的岁月
是在祁连山深处的大野口
荒草为我摇头
青松为我惋惜
那些挖煤的汉子
远远见了我
就在对面的草地上漫花儿
只为吸引我的目光

风掠过高高的山顶
歌声在山谷回响
唱着唱着

连绵的群山挤在一块倾听
大野口吹来的风
把牧羊人的心吹软
一个硕大的月亮映入眼帘
把狭窄的大野口照亮

仰望月光
我想回到曾经的岁月
我依然是十八岁的少女
把心底的情融入月亮
站在大野口
和它在夜晚里悄悄对话
重新开始不一样的人生
月亮,你陪我度过了
一个个孤单的日子
我的心事你懂吗

追梦

霞光照亮了青春的梦
云彩载着期盼
心,随着鹰
飞出了山口

远方天地宽阔
栖身的小屋
失去了留恋
站在熟悉的土地
却总是向往远方
远方，是否也承载着
父母的梦想，亲人的期待
我不会像野草
总在一个地方枯荣
也不像树
被一小片土壤羁绊
亦不像老屋的窗口
总是在一个地方张望
我是风中的蝴蝶
追逐着最美的花朵
我是美丽的天鹅
在最高最远的天空飞翔
窠巢练不出勇敢的翅膀
河水不会在原地奔流
我的梦在太阳之上
阳光，追不上我的脚步

荷

从污泥浊水中生根发芽
月光砸不倒你挺立的身影
站立水中　洗涤心灵
清新脱俗　鲜艳夺目
一湾碧水无限深情

摄取了屈子的意志魂魄
清洁的精神傲然挺立
荷风徐徐花影疏疏
宛如数千仙子吟诵离骚九歌

接天莲叶映日荷花
站在水中托举阳光
心若如荷必纯真如初
伫立荷塘边沾染一些荷花的气息

行走

晨光中思绪如风
与太阳一起出发与光明同行
行走的树拍着手掌为我鼓劲

林中的鸟儿嗓门嘹亮
大步往前
别辜负了它们的一片殷勤
前行　行走在前人铺就的路上
行走　在时光中穿行
生命　有了质感
孤单吗？前人的脚步呢
路有多长　尽头在何方
行走在路上　我的右侧
总有铁轨并行
那些筑路者呢
我的左侧
总有高高的杆塔
扯着长长的电线伴行
光和亮在电线上疾速穿行
那些拉线架塔的人呢
行走
一个人的征程并不孤单
一双脚踏着厚实的土地
走向天边
我和太阳越来越近
当我的行囊装满阳光时
我会信心百倍的归来
在暗夜和寒冷中

与筑路者筑塔者同行

过往

我把春天留下的叶子
抛给花香满天的夏日
你在奔跑
你在追赶最后的春色
是春天
还是夏天
在时光的夹缝里
寻觅过往的脚步
你站在火车站台
错过了最后一趟火车
来来往往的车
不是你去的地方
一束忧郁的光
纱巾般飘落
你迈着沉重的步子
如同穿越长长的隧道

手轻轻一甩
就扔掉了许多

过往的日子
有些时光
你没有攥紧
如同失控的火车
错过了一个个站台
你从车上摔落
阳光没有揽住的腰
你被跌的很疼很疼
藏着的心事
无处诉说

静看花开

原野上的花朵
不惧风雨
在阳光的哺育下
明媚 娇艳
努力伸展腰肢
展示向上的力量
朵朵鲜花
汇聚成花的海洋
生机无限
希望

阳光般触手可及

既然已经撒下了花的种子
就静看花开
国色天香的牡丹
淡雅幽香的兰花
冰清玉洁的荷花
凌寒傲雪的梅花
每一朵花
都富有内涵和风骨
静看花开
只有微笑的眼睛
才能看到美丽的风景
江河西去
那些过往的日子
都写满了忧郁

窗外的树

每天睁开眼睛
你就站在我眼前
披着霞光
向我招手

浓浓的绿色
瞬间溢满心田
你看着我
我看着你

啁啾
鸟儿叫了
一声问候
如天籁之音
阳光在树叶上跳跃
鸟儿在枝头飞来飞去

在高兴快乐时
在忧郁伤心时
我的灵魂
与你相伴
走过生命的四季
每一天
都有你

你的挺拔
你的高大
你的守望
深入一棵树的品质

感悟生命的坚强

和向上的力量

阳光

阳光是坚硬的

常常用钢一般的鞭子

抽打丑恶的灵魂

和肮脏的躯体

阳光是柔软的

你若善良

眼中必有金色的光芒

心尖上定会升起明亮的太阳

如果没有了阳光

黑暗将会吞噬世界

生命的花朵必将凋零

爱是阳光

照耀你我

走吧，与太阳一起出发

春雨

报春的使者
怀着潮湿的心
带着零度以上的热情

拥抱大地
地是一面圆圆的大鼓
雨点的槌正在敲打
春风把鼓声传得很远很远

好雨知时节
亦知我心
昨夜　我的心在春雨里发芽
今晨　一朵迎春花怒放

春天的花，夏天的雪

孕育了花朵
春天却悄然离去
夏季带着激情而来
我和春天已拉开距离
鲜花在绽放

小草在歌唱

为春天送行

蝴蝶在复制花朵的美丽

蜜蜂依然在酿造甜蜜

而这个夏天冷风呼啸而来

五月飞雪

谁让季节变的迷离

在这个凄冷的夏日

我的心像风撕裂的花瓣

在雪花中飘零

草地寻踪

阳光渗透了原野的青草

草地曾经渗透了我的脚印

秋天的草依然旺盛

我的脚印呢

一片芦花在向我点头

一池清水荡漾起儿时的回忆

秋鸟在阳光下歌唱

那些曾经的故事

还在水中流淌吗

一条河静静地流淌

麻鸭正在悄悄爱恋
轻风拂摇
爱的滋味这样美好
蓝天下
这样的情景真好
所有的生命
都在阳光下繁衍
任这些美丽
在时空中舞动

看一眼山川明丽的湿地
寻找我心中的草地
绿草抚摸我双脚
我想把脚下的青草亲吻
如果我也能在泥土中生根
一定会长出灿烂的鲜花

水中的太阳

一湾碧水
清澈见底

一轮太阳
跳到水里

水中的太阳在天上
天上的太阳在水里
太阳
没有烤干湖水
湖水
没有淹没太阳

太阳雨

我是太阳的女儿
站在远方的河畔
沐浴你洒下的阳光与甘霖
心　被太阳雨滋润

太阳雨　飘飘洒洒
如你激动的泪水
瞬间潮湿了我心
那火辣辣的爱
一次次灼伤我的皮肤
我的快乐像痛苦一样揪心

太阳雨
滴落我久远的梦境
脚下的野花野草
散发奇异的芬芳
寂寞的天空
一朵云在轻轻飘移
我与你　风雨兼程
是谁　在太阳下微笑
是谁　在太阳下哭泣
花雨纷飞中
一朵翩翩起舞的蝴蝶
向着太阳的光环里飞去
把绚丽的彩虹编织成七色花
在雨后绽放

与春风同行

一缕春风
吹来初春的气息
传来梅花的馨香
轻轻地　我与春风同行
河边的杨柳

在春风中摇曳

一抹新绿　装点春色

水中的倒影

站立春的风景

青青的草

从泥土中探脸

接受春风的爱抚

一缕春风

掠过树梢

鸟儿轻盈地在春风中飞翔

声声啼叫

传递春的信息

花香满地

释放春的多情

与春风同行

走向春天

春雪

天空洒下对大地的思念

纷纷扬扬

记忆中的春雪

曼妙得像童话

走进你的世界
仿佛是昨夜的梦
我在雪地上奔跑
总也抓不住你的手
雪地　一片洁白
脑海　白茫茫一片
伸出手
触摸你纯洁的身影
又怕你像雪花般融化
你是让人欣赏的花
还是柔情的水
在这个季节
春梦犹寒　片片雪花
寄托纷飞的思绪
你的背影　是一首情诗

秋意

秋渐浓
思念　如一泓秋水
秋风掠过
涟漪阵阵
秋月　正深情地注视我

一双眸子那般浓情热烈
秋天的思念
如饱满的果实
丰盈而圆润

秋风　像颜料般肆意涂抹
秋雨　带来一丝凉意

一缕惆怅
往事如烟似雨
在秋的高处袅袅升腾
雨水和叶子掉入泥土
是终结还是再生
岁月里那一抹云彩
在记忆的天空飘荡
一份情　一份爱
像秋天般高洁

没有阳光的日子

没有阳光的日子
云层很厚
蓝天白云的壁纸被乌云更换

这潮湿的云
我踮起脚尖轻轻一撞
就会撞出雨来

没有阳光的日子
少了几分骚动
多了几分冷静深沉
太阳一直燃烧
总有人会中暑受伤
该降降温了
否则　那匹汗血宝马
会渴死在找水喝的途中

没有阳光的日子
心和空气一样潮湿
一把伞遮住了雨
却遮不住心中的忧伤
记忆中那些残留的碎片
总要释放清理
雨洗过的天空
像灵魂一样透明

看不见的风景

早晨浓厚的雾
又一次粉碎了我的企求
面对来来往往的人流
我最初的期望又被扼杀
我被今晨的太阳抛弃
站在早晨的路口

心中的美好有千万种
升起的太阳
湛蓝的天幕
鲜艳的花朵
当雾缩小了距离
曾经的一切
正在离我远去
我的焦虑
雨点般从花瓣上滑落
真想回归初生的领地
看新美如画的景色

石榴

一颗石榴
挂在枝头
圆圆的脸蛋白里透红
秋风中,向我颔首微笑
一瞬如莲的喜悦漾上心头

今晨我从树下走过
蓦然抬头,那颗石榴
没了踪影
我心凄然
是谁偷走了
我的成熟

敲门

幸福来临的时候
好像花儿在敲门
欲将我拥抱
太阳正欲破窗
喜鹊在树枝的弦上
弹奏最动听的颤音

开门
世界一片灿烂

拥抱太阳
也拥抱星星　月亮
太阳风
轻拂秀发
从江南飘来的一朵云
捎来了远方的问候
瞬间潮湿我心
天地间
芳香正在弥漫

总有一些时光
流淌快乐
总有一些岁月
被幸福淹没
行走在黄河边
我把冬天当作春天挥霍

天上来的水
正缓缓流淌
是谁
在敲打我心声

走进冬天

我与你
都要走进冬天
此时
祁连山深处的大野口
早已白雪茫茫
可兰山的草还绿
叶子还没落
此刻在东方红广场明媚的阳光下
我想起了风雪茫茫的大野口
那里的冬天太厚太厚
一群群牦牛的蹄子
总也踩不透
在大野口
我的心
曾被冷冻过一次
我以为我被世界抛弃

过些天
兰山也会披雪
兰山披雪
像一个穿羊皮袄的老人
慈祥地审视我
我则像仰望祁连般仰望你

欣赏你的高大与威严

冬天

没有绿叶没有生机的冬天

让树也歇息土地也歇息

沉重的心田也不要长草

把一切都放下

就像那时冬天的大野口

泡一杯红茶看山

让雪覆盖一切

剩下的

到春天再说

自信

我在寒冬中穿行

朔风　冰雪

冻僵了我的躯体

冻不住我流淌的热血

走过冰雪

走过风霜

前方

一片太阳花灿烂开放

仰望星空
并非我就渺小
那些诱人的星星
闪耀着我思想的光芒
宇宙的边缘
我的思维像雁翅般滑落

我在山中行走
山　连绵的山
石头　绕不过去的石头
走不出的山
路　在何方
如果真的走不出去
就把山集合起来
让石头列队
给它们唱首歌
然后　化为山脉
成为永恒

温柔

鸟儿温柔了天空
飞鸟划过的痕迹

是给天空长长的吻
南来北往的风
温柔地倾诉往事

鱼儿温柔了水
无鱼之水
犹如无木之山
水中的荒凉一如荒山
鱼　让水多情且充满生机
成群的鱼
浩浩荡荡在水中聚集

雨　温柔了干渴的土地
那片龟裂的冒烟的地
因了雨水的滋润
潮湿而柔软
雨后
这里会长出绿色的生命

阳光温柔了生命
春风温柔了山川
朝霞温柔了清晨
雪花温柔了冬天
我把世界温柔

荡秋千

秋高气爽
秋风吹拂
坐在秋千上
忘记烦恼
抛却忧愁
放下天
放下地
前后荡悠
上下荡悠
白云悠悠
天地悠悠
秋千在蓝天下荡悠
秋千在大地上荡悠
一任轻风
抚摸
一任花海荡漾
天地起起伏伏
一如飘荡起伏的人生

芦苇河

碧水荡漾的芦苇河

流淌我的思绪

往昔的岁月悠悠

翠水微澜

苇秆抽出的嫩叶

吐露阳光下的纯真

水面倒映的白云

包裹着青涩的故事

芦苇荡　白鹤飞过

驮过童年的幻想

它飞行的轨迹是我追逐的风景

它栉风沐雨　陪我走过人生的坎坷

五月的芦苇河

闪亮一些纯洁的事物

夜风

夜晚清冷的风

自旷野来　树影婆娑

摇落一地寂寞

第二辑 如歌岁月

风　在树叶上跳舞
　　斑驳的岁月
　　从指缝间滑落

夜风吹过
寒星跌落水中
水里的星星
映照着孤寂的树
那些散淡的记忆
如同黄叶
让风带走了

清冷的月光
晃动着你的脸庞
时隐时现
沧桑的岁月
你奔跑追梦
长风万里
浸透肌肤
冷月寒星
你嗅到了花的芬芳吗

今夜,有雨敲窗

今夜又下着小雨
雨滴　敲打窗户
敲打心灵之窗
敲打着灵魂
敲打温柔的梦境
让如梦人生醒来
凉飕飕的风
让夏夜清凉
今夜　有雨敲窗
如歌的岁月　充满了诗意
真实的自己
和孤寂的灵魂对话
那个月亮深藏的夜里
山雨就这么滴答　滴答
深沉的夜里静听着
雨的合奏
灵魂经受洗涤
雨滴敲着心扉
喧闹了寂寞时光
温馨了孤寂时刻
埋头伏案书写
将雨丝变为情思
让灵魂插上翅膀

飞翔在蓝天之下
今夜　有雨敲窗

思绪

树离我很近
叶与叶的对话清晰传来
深沉的墨绿抒发着悠扬的情怀
释然出一缕思绪
和灰色成了鲜明的对比
夜的深沉
风的飘逸
花的馨香
多彩的世界
时光
有时是错乱的路

秋夜（一）

秋夜
被秋分拉长
秋叶

被秋风吹黄

秋夜　万籁俱寂

远处传来蟋蟀的叫声

搅动夜的宁静

河水无声

流淌着星星月亮

流淌着秋风秋语

秋夜

秋虫呢喃

秋风萧瑟

夜无边

夜沉沉

云遮月

星黯淡

秋夜

正孕育着一轮

鲜红的太阳

秋夜（二）

月光

倾泄遍地激情

第二辑 如歌岁月

一堆柴火
点着了秋夜
丰收的喜悦
像火一般燃烧
今夜无眠
在篝火边跳跃
一年的劳累
化作今夜的望情

秋风拂动秋叶
这个秋天
已变成你的模样
丰盈而饱满
手舞足蹈
把秋天挥洒
我在地上起舞
嫦娥在月亮上起舞
今夜
何似在人间

心事

那一缕蓝色的光

穿透完整的身体
走出钢筋水泥垒成的石林
去享受春天
或者去做一个安静的看客
看鸟儿掠过天空
聆听大自然的絮语

夕阳下暮色正浓
云霞包裹的岁月已到来
花朵里拾梦
一朵花包藏一个心事
蝴蝶和蜜蜂能读懂吗
往后的路该怎么走
黄昏后的玫瑰色调充满诱惑
与一朵花的对话才刚刚开始

生命的四季

日月
旋转着四季
生命
跟着日月生长
四季

生长万千生命
盛开不同的花朵
我的生命
在四季都长青
即便阴云　风霜
即便寒冷　冰雪
如同伟岸的青松
在雪中更显壮美

四季
都有不同的表情
春天稚嫩羞涩
夏天热烈激情
秋天成熟稳重
冬天冷静肃穆
生命的四季
唯冬天萧条
就让我化作一树梅花
在漫天大雪中绽放
丰富冬天的表情

今天

昨天从我的指缝里滑落
今天从窗户里飘来
倚窗眺望
阳光正暖
雪从屋顶落下
溅起些许细碎的阳光
鸟在枝丫里跳跃
清脆的叫声
让心里的花朵灿然开放
树枝抽出嫩叶
春天的味道
在大自然的底色里
如同花的香味弥漫

今天的日子
与昨天重叠
今天的故事
和昨天大不相同
今天的笑脸
沐浴春风的柔和
说不出对身边真和美的热爱
见证着人间悲喜
今天

我在读一本关于明天
关于未来的书

绿叶

等你从冬到春
从白昼到黑夜
时光穿越心的河流
春风掠过千山万水
眸子里晃动丝丝绿芽
嫩嫩的绿叶
在春风中向我招手
一片叶子就是一个春天
春意在绿叶上涌动
花在春风里绽放光彩
鸟在二月自由歌唱

二月河
流淌山涧明月
却望穿秋水绿了我一片心海
那棵长眠的千年老树
枝干上长出一片片嫩叶
凝望它

仿佛与父亲对话
我分明听见了
春天的音符
在绿叶上跳动

苹果会像叶子一样飘落吗

你躺在草丛里
躺下了一地的诗情
红色与绿色
那般分明
绿色
生命的颜色
红色
生命的喧嚣
树在静立
成熟的果实
都要回归大地

大地拥抱着果实
接纳每一份成熟
成熟的情绪
渗透每一寸土壤

这火一样的红
这燃烧的激情
这深切的爱
正在散发
太阳升起时
捡苹果的人会在阳光下聚会
在收获的秋天陶醉

金色的大地

秋风秋光
给大地披上金色
金黄的硕果
金黄的树林
小河的水流淌金色的光
闭目
我在金秋的土地上陶醉
十月
金灿灿的十月

岁月的河
淹没了多少往事
有些人有些事

总在记忆的天空

像金子般闪耀

真想给你唱首歌

让歌声弥漫爱的田野

滋润你的心田

让你少想些不愉快的事

在秋天的大地上

踩着金叶前行

小满

一季梦的种子

鼓胀了圆润的身体

向上伸展

向天空招手

吸吮阳光　空气

恣意疯长

澎湃夏日的激情

云裹住雨

滋润你晶莹的躯体

风像无尽温柔的手

划过你的肌肤

你不负上苍的厚爱
黑夜也不入眠
与星星月亮对话
小满
依然在成长
期待金黄的收获
摆脱成长的烦忧

秋声

秋天
正张大了嘴
与万物交谈
秋声
在树叶里哗啦
在田野里蟋嗦
在池塘里唱歌
交谈的内容
是关于如何晾晒成熟
以及人的饱暖欲望
还有一些草秸　叶子的去向

秋天的声音

是黄钟大吕

是交响乐

是进行曲

大地都在翩翩起舞

倾倒一片片花丛

莲心下的藕正在淤泥里呐喊助威

一池碧波的喧嚣

一棵草的倾诉

一朵花的低语

都会爆发震撼人心的力量

秋声

正在传递时光的快乐

落叶的梦

落叶的梦尚未开始

窗外淅淅沥沥的雨

不时抽打叶子的神经

不是飘零的季节

先别说离别

先别说疼痛

我是夜色中的绿

生命的色彩
在季节之上

冷风尚未到来
湿漉漉的马路滑倒了灯光
夜与黑
颠覆了星星月亮的梦
一颗跳动的心
正在经历沧桑
时间
抽干了海水
现实
正在颠覆梦想
红色　黄色　蓝色
正在悄悄倾诉

青春

青春是校园里迎着晨曦奔跑的身影
青春是十八岁编织的五彩梦幻
青春是悠扬欢快的歌
青春是激情奔放的舞
青春是直线加方块的韵律

青春是初升的太阳

青春是五月怒放的鲜花

青春是那片金黄的向日葵

青春是那一排挺拔向上的白杨树

青春是大漠中迎风斗沙的红柳

青春是为中华崛起不息的追求

青春是永攀事业高峰不竭的动力

青春是创造者坚定的信念

青春是奋斗者远大的理想

青春是铸梦者宏伟的目标

用青春的汗水

浇灌希望的土地

青春　与祖国同行

醉了的时光

时光

如一杯醇厚的酒

醉了太阳

月亮东倒西歪

星星摇摇晃晃

我和天地同醉

独享这快乐时光

半醒半醉最好
我是飞天的女神
在星星月亮之间翱翔
衣袂飘飘
在神秘的光环里穿行
挥手　洒下无数的花瓣
一段醉了的时光
是岁月深处最美的记忆

大地

包容一切
生长万物
红土地　黑土地　黄土地
是你的皮肤
尼罗河　亚马逊河　长江　黄河
是你的血脉
喜玛拉雅山　冈底斯山　昆仑山
是你的骨骼

一棵树
根深叶茂

喜怒哀乐都给大地诉说

花的原野

把大地装扮一新

我的痴情

如一朵迎春花

在春风中摇曳

爱着的土地又长出一棵棵树

一片绿意送来春的问候

梦中的绿洲

正把天空擦亮

大地之肺

深沉地呼吸

我的梦

在云端翱翔

青石板

平静如初

被阳光

镀了一层又一层亮色

被月光折叠

被风雨打磨

戴草帽的老头

独轮车推走了一段
陈旧的时光
骑马的郎君
从马背上卸下了一段
美艳的传说

一只脚
匆匆追赶另一只脚
形形色色的鞋
雨点般踩下
脚印摞着脚印
你
像个佝偻着身子的老人
伏在地上
默默承受一切
你走进寂寞的夜晚
风
抚慰不了你的孤独

日子
越来越新
一双皮鞋与一双高跟鞋
在青石板上写下了一行行情书
晚霞中的浪漫

像红裙子般飘逸

自行车车轮

又驮走了一个鲜亮的日子

一对母女在巷口告别

青石板瞬间被泪光

拧成了肠子

远方的星空下

那些诱人的星星

流星般坠落

清纯的如同钻石

我嗅到了宇宙的味道

看到了它亿万年运行的颤栗

星星与星星的对话

那般炽烈

热吻

留下长长的唇印

喜悦　水一般漫过

那些闪亮的钻石

顷刻带走了悲伤

站在星星上

我的梦如此真切
拥抱星星
我就站在了世界的最高处

花瓣

四月的我
是一瓣飘零的花
被风的手
轻盈地托举
检阅绿地　山川　河流
落红有情
留一路芬芳
绿草覆盖的土地上
有温柔在等待

一朵野花瓣
没有牡丹的惊艳
也没有杏花的恬静
桃花的笑容
与时间谈判
再给我一次浓烈的开放
以纯洁和激情

等待

等待你优雅而来

包裹雨的云破了

包裹雨的云破了

大滴大滴的雨

从破了的云中漏出

从一滴一滴变成一串一串

天地之间

扯起了雨幕

大地恣意汪洋

曾经的路变成了河

车如一叶小舟

在水中漂流

天

似乎要将所有的忧伤倾泄

雨落在地上

心被砸得生疼

雨中　有人挽着他人的胳膊

有人背负着他人前行

还有的人

灵魂在水中挣扎沉浮
　　清者　浊者
　　在水中尽显

石头

坐在石头上
我和石头都不再孤单
我和石头的对话那般倾心
还有一些石头
正在洗耳恭听
草与花从石缝里钻出
簇拥着石头
石头也会开花

与阳光对话
与月光交流
石头就有了内涵，有了思想
那些石头
就变成了江河湖海，日月星辰
千万年的石头都会说话
那些石片　石斧　石铲
都在诉说往事

大野口

大野口
有几分野性的地方
风从山口刮来
野风野草野菊花
大野口的山水
养育了一个野姑娘

野姑娘淋野外的雨
野姑娘摘野外的花
野姑娘采山野里的野菜
野姑娘守着一个道班
经常看着山外的世界发呆
野姑娘把青春奉献给了大山
再后来
公路改道
野姑娘要离开大山了
野姑娘蹲在大野口哭了

媲美

湖水和天空媲美

蝴蝶和花朵媲美
芍药与牡丹媲美
天鹅与孔雀媲美
俯视大地
花的原野媲美仙境
仰望天空
闪烁的星星媲美宝石
就让太阳驱赶黑暗
就让天空没有乌云
就让美覆盖丑
万物都在追求美
而泣血的心灵之花
媲美所有的鲜花
就让那花朵在石头上绽放

千帆过尽

千帆过尽
大河滔滔
低飞的雁儿衔来春色
水中的太阳泛着银光
饮水的羊
吮吸着河面上的波纹

风
在捡拾昨天的记忆
老树
又在酝酿春天的语言
大地
与小草共舞

天地都在旋转
一些往事
漂浮在水面
河的咆哮
被赋予了险峻的形式
篝火再次点燃
踏歌跳舞的人
在重复一个远古的情景
一条路的尽头
有盛开的梅花
一朵朵　令我心动
千帆过尽
流水依然

雁

天地馈赠给人类的精灵
在空中大写着人
翅膀扇动着轻柔的春风
借力给力
精诚团结　群体协作
不让一只雁子落单
俯视开满鲜花的大地
激动得放开了喉咙
南来北往
留下最美的声音

就在这块土地上栖息吧
有水　有草
可以交颈倾诉
可以引吭高歌
可以梳理羽毛
可以谈情说爱　繁衍后代
亮翅天空　足舞大地
与天鹅媲美
又一队雁子掠过
响亮的叫声在天地间久久回荡
万物都竖起了耳朵
多年后

我将留下些什么

四季的风

是谁在染指山河
春天吹开花儿朵朵
夏天渲染蓬勃激情
秋天果实飘香　赤橙黄绿
冬天透彻心寒
你每天爬在我耳朵
都在诉说些什么

无孔不入的风
我和你究竟达成了何种协议
有时吹散了我心头的阴霾
有时又把我抛入谷底
风什么时候长眠
让我心静
一朵云
携带风的翅膀游荡
把一腔柔情托举在南山之巅

无孔不入的风呀

请荡走我内心的秘密
我要做一个通体透明的人
即便风雨　雷暴
穿行在古巷
我要让那些老屋
和老屋里的街坊　亲人
再次阅读我的真诚
并带给他们一缕春风

往事

染绿山河的春天走了
留下绿色的思念
花开的枝头
弥漫着夏日的激情
树影里伸出多少藤蔓
也没有拦住旧日的时光
一弯新月悬挂在西天
日月轮回
云聚云散
总有一些事成为往事
总有一些人
消失在记忆的天空
一切都像云烟

那些熟悉的人与事
也渐渐变得模糊
被遮盖的那半个月亮
是不是被遗忘的那一部分

大野口之恋

每天
都期盼着离开这个地方
这里太过遥远
早已被世人遗忘
除了山
还是山
天
被山的刀刃
削的豁豁牙牙
明明是一个
不大的山野的口子
却有个吓唬人的名字
大野口

大野口
你淹没了多少阳光

第二辑 如歌岁月

吞下了多少岁月
我的青春
被你悄悄剥蚀
十八九岁的姑娘
每天都在这里看山
看巴掌大的一片天
寂寞？孤独
在大山里喊两声
可一两声悠长的呼唤
根本搅不动深深的山林

喜讯自天外飞来
我突然要离开这个地方了
离开这个野性的山口了
这可是我日日夜夜盼望的
喜悦　兴奋　激动
要走了
突然有一种莫名的失落
看看栖身的房子
再看看山
看看天
我跑到河边
抱着一棵大树哭了
大野口

不知什么时候

在我心上

盖上了一枚圆圆的印章

春天里的又一场雪

春雪又一次覆盖城市　乡村

你这天外来客

纯洁的像天使

恍如硕大的画笔

把大地染白

面对这洁白的世界

我不忍心踩上一个脚印

怕玷污你的纯洁

那一场风花雪月的事

早已随风而去

心中的伤痛　却似冰冻

西望祁连

风雪迷漫

你的影子

挥之不去

大野口的雪

埋葬了我多少美好的记忆
雪
你有时像盐
我的伤口很疼很疼

阳春三月的雪
纯情　安静
沉稳　素雅
片片飞进心房
覆盖尘埃和那些不快的往事
六瓣的雪花
飘飘洒洒
一朵雪花追逐另一朵雪花
迭落在大地
雪　像白糖
把心甜透了

兰州今天十七度

兰州今天十七度
小雨
雨滴的声音敲打着树叶
劳作的人们也开始播雨

生活　跟天气一样
总是风雨兼程
今天十七度
凉爽宜人

十七度
脚手架施工的人不用顶着骄阳
滨河路上的恋人不用打遮阳伞
情话说够了可以去吃个火锅
十七度
天空是潮湿的
大地是潮湿的
捏一把云　能挤出水

烟雨兰山
烟雨白塔
是北国还是江南
十七度
我要到黄河边看雨

荷塘花鱼

夏风正在摆动荷叶

碧水里游动的鲤鱼
睁眼欣赏美艳的荷花
天空，又一次低头亲吻了花瓣
荷花，鱼的最爱
鱼在荷花中游动自如

鱼儿跃出了水面
划出了一道诡异的弧线
鱼儿张大了嘴巴
鱼儿咬下了一瓣花
鱼儿正在吞噬美丽

鱼对荷花的喜欢
是与生俱来还是无奈的选择
荷花
在败落之前被鱼吞食
天气凉了
荷花败了
鱼被垂钓者钓走
在美味的红烧鲤鱼中
他品出了荷花的清香

十月

金黄的田野静悄悄

风

踏遍山涧野岭

梳理森林　大地

去喊鸟儿搬家

叶子落成一条金色的小路

落成了我梦中的港湾

半绿半红的叶片

隐藏着谁的心事

爱

挡不住风的前行

我是站在十月风口的一只麋鹿

它的远方在那片秋草地

年轮

太阳是个刻录机

每日每夜

给万物刻下年轮

水在堤岸拍疼了手

只为留下深深的印痕

第二辑 如歌岁月

一阵秋风
想扶起倒伏的芦苇
一只鸟儿
想驮起扑簌簌落下的夜的翅膀
一朵乌云
偷走了星星的光亮

谁安排了宇宙的秩序
日月星辰
闪亮得如鲜嫩的婴儿
一匹白马的奔驰
如同一道闪电的惊艳
大海日出　大地葳蕤
一朵鲜艳的花朵
比太阳硕大
在暗夜中开放
一棵树的年龄
是美轮美奂的花纹
如果时间静止
空间消失
岁月不老
我就会像初升的太阳

远方的河

那条祁连山下的大河
不知流淌了多少年
永不停息的流水
滋润了多少生命
长夜漫漫
我在祁连山深处
害怕野兽　鬼怪
就竖着耳朵听你那哗啦啦的歌声
风　搅动阵阵松涛
发出震撼的响声
涛声响过
大山深处更显安静
静　给了我力量
时光不再难挨
我从白昼到夜晚
倾听大河的涛声
你呼唤沉睡的黎明
你呼唤初升的太阳
这大山深处
我不知道遥远有多远
离开祁连山几十年了
那条大河
还在我心中流淌

林中鸟

林中鸟
站在高高的树梢
比朝霞还高的树梢
为阳光的到来欢呼雀跃
啁啾　啁啾
一只鸟儿与另一只鸟儿谈心
它们奔走相告
一天的好心情由此开始
驮着阳光飞来飞去
正午，鸟儿隆重聚会
探讨它们关心的话题
如果没有太阳呢
如果吃上有毒食品呢
如果翅膀黑了呢
鸟儿的忧虑正在蔓延
突然，一枚石子穿透树叶
一只鸟儿应声落地
两个拿弹弓的小孩
兴奋地喊着
打中了　打中了
鸟儿散去
林中归于平静

山羊

羊角顶出了太阳

阳光从山羊的脊背上抖落

青草带着阳光的味道

羊咀嚼下青草上太阳的温暖

顾不上倾听一只鸟儿的呼唤

太阳正在穿透羊的身体

五月行走的风

最懂羊对草的爱恋

云,端坐山顶观景

山,眯眼看了一眼太阳

小溪举着白云

伴山川奔跑

屋顶升起的炊烟中

飘来了一缕羊奶的清香

羊吃饱了草

躺在草地上

看着天上奔跑的羊群沉思

时光

像驱赶着羊一样驱赶着万物

第二辑 爱的絮语

- 一树花开/131
- 秋叶/132
- 凝望/132
- 颤音/134
- 清香/134
- 靠近一棵树/135
- 不要把我留在冬天/136
- 背光/138
- 记忆/139
- 杨柳情思（组诗）/140
- 背影/142
- 爱河/143
- 眸/144
- 浪花/145
- 飘零/146
- 窗/147
- 废墟上的脚印/148
- 许多年后/149
- 错失的花/150
- 黎明/152
- 心雨/153
- 远去的秋天/154
- 距离/155
- 秘密/156
- 重生/157
- 离别/158
- 那个秋天 那个黄昏/159
- 无边的岸/161
- 彩云/162
- 雨中花/163
- 那一地的鲜花/164
- 风再没有提起你/165
- 心的穿越/166
- 不再孤独/167
- 花开的夜/168
- 心，在蝴蝶的翅膀上飞/169
- 青春岁月/171
- 寒/172
- 破碎的心/173
- 往后的时光/174
- 漂泊的心/175
- 失落的心/176
- 甜蜜/177
- 又是三月三/177
- 秋的对话/178
- 远看云烟/180
- 洒满忧伤的小路/181
- 告别/182
- 暮色/183
- 被风提起的往事/184
- 云在飘/185
- 那时 云淡风轻/186

一树花开

靠近你
一步 二步 三步 四步
与你触手可及
无数个日夜
我都在梦中欣赏你
那棵开花又结果的树
还在那里挺立
多少年了你还是这么茂盛
鲜红的花朵压满枝头
鸟儿在枝叶里寻觅爱情
而我,怀着一颗卑微的心
仰视你高大的身影
鲜活的面容
看见你向我招手
向我微笑
夕阳里
你染成金黄
那般美丽
那般飘逸
你生命的色彩
那般绚丽
那般壮烈
一棵开花的树

展示浓烈的情
注目
我的爱
像晚霞一样燃烧

秋叶

你曾在风中歌唱
也为我遮挡过风雨
如今却要踩你而行
我的心在哭泣

风中的你
铺下一地凄凉
捡起几片叶子
却留不住你
曾经美丽的影子

凝望

什么都不说
静静地

第二辑 爱的絮语

就这么凝望
凝望远山如黛
凝望田野麦苗青青
凝望一树花开

啁啾的鸟儿在枝头抒情
婉转的歌声震落云霞

春天的畅想
是蓬勃的生命
是无限的生机

凝望
蓝天如洗
芳草青青
凝望那匹骏马在原野上奔驰
凝望那只白鸽在蓝天上飞翔
凝望你的身影
渐行渐远
凝望那片白云
写满对你的思念
凝望那轮夕阳
把西天渲染成仙境

颤音

你说你将远去

离别时

却吹奏起动听的颤音

朝阳　霞光　彩云

在笛声中失去了色彩

你吹奏的每一个曲调都婉转情深

你吹得叶子纷纷飘落

花瓣凋零

吹得我满身忧郁

本该是阳光灿烂的日子

却为何这般哀怨

既然如此伤悲

就再别离去

远方的风景再美

怎比一颗懂你的心

清香

星星与星星正窃窃私语

说到心灵深处

也有羞涩的时候
脸上泛起两朵红云
月亮与太阳正在交流
白天与黑夜的感想
山看着山此时无声
心　在岩浆下沸腾

睁开眼风中弥漫着你的味道
与你的距离有多远
一束阳光　一缕清辉　一泓清泉
是爱的慷慨　还是爱的吝啬
今夜没有星光也没有月光
追着你　寻找那一缕梅花的清香

靠近一棵树

我在挪步
挪到那棵被夕阳镌刻的树
它的颜色好美
泛着金黄
它还没有老
没有枯痕
没有伤疤

依然生机勃勃

我不敢靠近
没有哪棵树能跟它媲美
就这么凝望最好
你是你　我是我
让记忆中的岁月抹去伤痕
就这样看着不说话也很好
小鸟在枝头
诉说那些过去的事

不要把我留在冬天

不要把我留在冬天
我怕寒风把我浸透
心似冰冻
僵硬的躯体
如同冰雕
我怕你告诉我
那个关于寒夜里的故事
让我的心更冷
冬天的树梢
沉重得已不能让

一只鸟儿栖息
　　落寞的夜
只能与星光对望

不要把我留在冬天
　　田野上那些
被镰刀割过的麦茬
　　扎疼了我的脚
残雪覆盖的原野
没有一只觅食的鸟
那些关于冬天的记忆
　　沉重得像雾霾
　　令我喘不过气来

不要把我留在冬天
你已忘记那个秋天
　　　那个冬天
　有一个碾子滚过
　压碎了美丽的雪花
　一些美好的记忆
　　比碾子还要沉重
往事　被寒风吹落

不要把我留在冬天

寒风料峭

把我的目光凝固

看不见你远去的身影

春风什么时候

吹拂心的原野

与你一起

在绿意盎然的大地上奔跑

背光

太阳从东方升起的时候

我背着太阳往西走

我孤独地走

四周一片沉寂

太阳把我的影子拉得很长

蓝天下站着的树

是伞状的生命

点缀西部的苍凉

一缕缕晨光　从背后飘来

背着太阳走

看西天的红霞

我把长发　飘舞成

流动的瀑布

浇灌　这片干渴的土地

晨昏晚睡
迷离的阳光
披在我疲惫的身上
背光　他看不清我的脸
背光　我在山梁上是一道倩影
背光　我的身影很高大
背光　我的脸上没有光斑
背光　我不是夸父　追着太阳走
背光　走累了
我会背着太阳睡觉

记忆

记忆的碎片
行走在烟雨蒙蒙的晨光里
记忆的碎片
还原出流淌的岁月
祁连山下的原野上
你耕耘的身影近在咫尺
山中的湖水
你清澈的眸子　映动着谁的影子

西望祁连

我涌动的心像五月的玫瑰

你在昙花一现中　悄然离去

记忆的长河中

你若隐若现

杨柳情思（组诗）

站立

站在黄昏的风中

就这么站着　不止一次地

站在黄昏里

望着那条千年不变的黄河

穿过人流随着涛声去行走

风中的鸟儿陆续归巢

滔滔大河　波涌着我无尽的思绪

那个风中的年轻人

他在等我吗

就让夕阳告诉我

他会出现在最艳丽的色泽里

馈赠

感谢生活的馈赠
绿草丰美的大地
鲜花映红了岁月
午后的阳光　映照着岁月的底片
将我带回到十八岁的青春
让我重新选择一次
可时光之水不会倒流
前面　路漫漫其修远兮
我一路风尘仆仆
感谢生活的馈赠
和芳草萋萋的邂逅

五彩的梦

五彩的梦
在渐行渐远中变得缤纷迷蒙
用雨后的彩虹
绚丽辽阔的天地
带着阳光和点滴雨露
欣赏烂漫的山花
吮吸扑鼻的芳香
在清风拂面的山岗上

飘舞的杨柳

飘舞的杨柳
就想这么安静的站着
飘舞的杨柳
用朦胧的眼神和心跳的声音
与你对话
看山花漫卷着
你立在花丛中　拥抱着花香

背影

远远地我看着你
那一头白发
是多少岁月的颜料染的
你夕阳中的背影
是黄昏最美的风景
你在暮色里远眺
我扶着栏杆注视着你
你走远了
好像又要出发
你一生
走过了多少风风雨雨

回望激情燃烧的岁月
我泪流满面
此刻　你的背影在我心中定格
不知是夕阳衬托了你的威仪
还是你映照了夕阳
夕阳中的你
山峰一样
远远地我看着你
看你的背影
如欣赏一幅油画
你坚毅的眸子
送走了多少日出日落
你的肩膀
挑起了多少人生的重负
你的双脚
踩下了多少艰难困苦
欣赏你
如同欣赏一尊雕塑

爱河

秋天的河水
唱着月亮般清纯的歌声

爱的旋律在悄悄流淌
秋风阵阵
黄叶在河水中漂零
大河东去
滋润了多少生命
浇灌了多少盛开鲜花的土地

凝眸岸边
旷野里静谧无声
落叶如诗
渲染了原野山谷
大雁飞过
带着我的思念
心　泛起涟漪

眸

看一眼　便掉入了你心海
澄澈　透明
辽阔的世界
用心灵曝光
凝眸
电光石火　时间静止

你的眉毛　挂着多少岁月的冷霜
你的脸颊　饱经了多少生活的沧桑
凝眸之间　我心凄然
你的眸子
一池秋水在清澈的波映
映山的伟岸
树的挺拔
我在岸边
欣赏你的四季
你眼眸里的那些深邃

浪花

那条穿心的河流
喷涌洁白的浪花
一缕霞光
穿透我身体
昨天的尘埃
随水而去
我通体透明
我什么都不想隐瞒
我向你坦露我的心声

岸边有人在行走

春寒料峭

我想靠近你

给你一些温暖

我以树的沉默

想象从前的你

我是一朵浪花

你是一朵浪花

在二月的河流中

擦出火花

飘零

夜　在寂寞中走

风　吹落满地孤独

时间在星光中跳跃

心　在暗夜里飘零

思绪在那座寂静的山中停留

山下的小屋空空荡荡

泪光　照亮生锈的铁锁

那个熟悉的身影呢

炉膛曾经映红你的脸庞

狗跟着你走来走去

现在人去屋空
屋檐下
鸟儿都没了
心无处栖息
夜的星光伴随自己
一颗星星
对着另一颗星星眨眼
回望过去的时光
都成为苦涩的记忆
心　如同风中的叶子
飘零　飘零

窗

月光下再也没有打开过那扇窗
不敢让夜风刮进来
只有透着纱窗去窥视那只小船
看那星河里深邃的宇宙
遥远的夜空
我愿有只蝴蝶飞来
梦中和它翩翩起舞
花香弥漫
无言凝视

倾听静夜里的天籁之音

打开心灵之窗

让一颗心捂热另一颗心

一双眼望穿另一双眼

轻轻地

感受月光的抚摸

废墟上的脚印

你从废墟上走过

脚印　叠印出一朵朵花

废墟上的花像火中的玫瑰

凄美在零乱中娇艳

这场面像油画

抑或是电影里看到的镜头

你站立着　像一尊雕塑

你的血

曾流进脚下的废墟

这片土地上长出的鲜花

青菜　麦穗

渗透了他的血

血染的土地

玫瑰像血一样红

风仍然吹着
雪在融化
滴滴答答的声音敲打你的灵魂
你的背影和灵魂重叠
废墟上的身影如同白杨
凤凰会在枝头栖息
百灵会在树梢歌唱
废墟会变成一片花海
芬芳你我的世界

许多年后

许多年后
荒芜的土地长出了绿草
戈壁滩长出了鲜花
麦子　玉米
像旗帜般飘扬
沙子　石头
静悄悄地沉默
大地　绿色的大地

许多年后
故事已成为传奇
天荒地老
你依然年轻
梦中
你像初升的太阳
我　总走不出你的光芒
夕阳西下的时候
我手捧太阳
我把黄昏当作黎明
许多年后
一切
已不是从前

错失的花

我在秋天等你
你从春天走来
风动花影
月满东山
雨滴
洗涤岁月的风尘
一池菏花傲立

展示清洁的精神
秋天
送给昔日的恋人
一朵错失的花

一朵花
经历了太多的磨难
被风撕裂的伤口
正流淌着血和泪
花的哭泣
如惊雷电闪
花
为谁哭泣为谁开放

错过美丽
又错过春天
秋天里等你的人
在路口已站立成雕塑
这个秋天又在继续错过
错过一季又一季
哭泣的花
在风雨中绽放

黎明

走过了暗夜
我是黎明时的第一缕阳光
点亮爱河里的那朵花
一朵云拥抱另一朵云
爱的天空
彩霞满天
微风荡起的湖面
两只野鸭
搅动一池秋水

披着彩霞的山峦
寄托我一往情深的思念
秋天的遐想
如一片红叶
站在高山之巅
看风光无限
和秋天的约会那般迷人
黎明的色彩如此丰富
与太阳的对话
刚刚开始

心雨

心里下着淅淅沥沥的雨
撑着伞走在路上
与孤独相伴
风起处
裙子摆动一地凄凉
泪水和雨水碰撞
抛却了那把伞
心在雨中流血
倾盆的雨
浇灭昨夜的梦
长路漫漫腥风血雨
洒落无边的凄苦和忧伤
雨中回忆
雨中忏悔
雨中哭泣
酸苦的日子
只剩下虚伪的承诺
爱
像叶子一样在风雨中飘零

远去的秋天

那些眩目的色彩
那些红黄蓝绿的果实
以及丰收的喜悦
被风带走了
又被雪掩埋了

怀念秋天
怀念在金黄的胡杨林里
我一袭红裙是秋天最成熟的美
夕阳
在枝叶上泛着细碎的浪花
怀念白桦林中
我奔跑成火焰的姿势
把希望的天空燃成烟花

怀念秋天
丰盈而饱满
像一粒金黄的麦子
在太阳下发光
秋天的田野
秋天的果树
秋天的叶子
带来的快乐和美感

挥之不去
在冬天的寒风里怀念秋天
如同回味月下的那杯美酒

距离

离开你
我把小路拖成了羊肠
走过高山
两边的山
把我挤的很小很小
你在山那边
我在山这边
这样的距离是远还是近

在山水间行进
我差点丢失了自己
与你共饮一河水
你在河上游
我在河下游
这样的距离是否合适

既然距离产生美

离你多远算最美

看到你的眼神还是背影

我与你的距离远了

心的距离呢

你在天边

还是在眼前

抑或就是身边的风景

秘密

秋风扫落叶

也扫落许多秘密

比如叶子听到过的

花听到过的

现在都被风带走

甚至埋进土里

故事都发生在夏天

那时夏天的热情

超过了我俩的热情

许多年后

我已忘记了那些秘密

我想寻找夏日激情

从那些落叶落花中
找回我们失去的
无数次在这条小路徘徊
一切
都遗忘在冬季
看你沧桑的脸
我不知风中藏了你
多少秘密

重生

一颗心
能够承受多少重负
能够经受多少折磨
能够忍受多少伤痛
冬天的风
吹在脸上
也吹在心上
那只孤独的鸟
在寂静的天空
寂寞地飞翔

冬天的夜晚

比深沉更深沉

迟迟未到的雪花

滋润不了心的瓣膜

暗夜里传来歌声

心在岁月的琴弦上滴血

恨过才知道爱

伤过才知道珍惜

过往的岁月

我是一片叶子

在风中飘零

等待春风

等待那场燃烧的烈火

像凤凰般重生

离别

离别时

我深情地看你

你优雅而去的身影

宛若古代的侠客

仗剑行侠

除恶务尽

你翩然而去

我怅然若失

阵阵寒风袭
来是大风起兮云飞扬
是风萧萧兮易水寒
万千情愫
谁懂我心
我在寒风中
像一片叶子

我知道你要走
可我
怎留你心
你
伟岸的像山
我只能仰望
抑或
是你脚下的一粒沙子

那个秋天　那个黄昏

那一年秋日的黄昏
我在灿烂的夕照中看到你

你扶着栏杆

极目远方

橙色的天边飞来几只鸟

鸟的翅膀有力地拍打天空

飞翔的精灵吸引了你目光

而我专注地看你

那一幕

定格在记忆的天空

只要想到你

就会想到晚霞中你极目远眺的身影

后来的后来

你去了远方

我像做了场梦

斑驳的岁月

长满苔藓

青丝熬成白发

终于在夕阳里见到你

心　如止水般平静

我们在晚霞中

凝望那飞翔的鸟

一切仿佛就在昨天

而青春却已远去

残荷的黄叶覆盖白霜

安谧的池塘落英缤纷
你看我时
很近很近
而我看你
像远在天边
离别时
没有眼泪
夕阳
把我们的影子拉得很长

无边的岸

一堆柴火
点亮星光
凝望星星
灵魂仿佛与心灵对话
漆黑的夜里
黄河冲走了坠落的星星

和你多年了没有对话
四季轮转了半个甲子
如今我还在黑暗中摸索前行
星星眨眼的天际

流光暗淡

许多年后

我们的青丝染成白发

你在彼岸

我在此岸

彩云

一朵云

孤舟般游弋

灵动的身姿

跳跃成天边的诗行

一片洁白的手帕

擦拭我的脸颊

我柔情似水

就让玫瑰色的绚丽来诱惑我

你掠过山川

挥动七彩霞

装点天涯　山巅

凝视你的脸颊

我看见了你的伤口

我感到了你被风撕扯的疼

凝眸
我潸然泪下
那片白云
寄托着我深深的情思
那里有亲人的微笑
荡起双桨
我划动月亮船
驶入你的心海

雨中花

我是一朵花
在昨夜的雨中绽放
风和雨
为花洗礼
心灵深处的那首歌
飘入窗口
诉说流年沧海
我在淅沥的雨中寻觅往事
枝头的硕果
经不起风吹雨打
掉下几颗
砸得我心疼

没有星光的夜

那么深沉

思念

如水般泛起涟漪

雨

正敲打我

那一地的鲜花

怀着春天的心情

向原野跑去

看那一地的鲜花

树上的鸟在歌唱阳光

翠绿的树

与大片的鲜花

编织最美的色彩

心

像鲜花般绽放

行走在花的原野

那一地的鲜花

美了时光流年

花瓣　花蕊

纯洁如初心

缕缕花香

沁人心肺

花的原野

一片精神的净土

风再没有提起你

搁浅的岁月

是一艘弯弯的小舟

还记得那段时光

烟霞里飘过的云彩

总是回忆那日落前的瑰丽

那束盛开的野花摇曳生命的美丽

金黄的叶子落入手心

一池秋水

烟波浩渺

流淌清晨　黄昏

一只蜻蜓飞过树梢寻觅幸福

鸟儿驮着一缕霞光回家

后来风再没有提起你

心的穿越

心的穿越
不受时间距离的约束
纵使相隔天涯
瞬间
即可穿越千山万水
抵达心灵的彼岸

心的穿越
超越电波　光速
避免在高速公路上的拥堵

心的穿越
是心的旅游
途中会经历优美的风景
山花丛林湖泊草原
让飞翔的心灵减速
太阳照在湖面
蝴蝶飞翔在花丛中
心中
装满更多美的瞬间

心的穿越
是能量的一次碰撞

一道闪电一声惊雷所释放的能量
无法企及
心的穿越
最终会和另一颗心交织
并占领表面阵地
有时
会外化为一个热吻

不再孤独

孤独是身体568的独居
还是心灵的独居
月光下的悠然散步
听取一两声蛙鸣
是一种生活的状态
亦是心灵的慰藉
与孤独无关
我已越来越享受孤独
这样真好
我是我的君王
我的世界我做主

沉思的时候

我排斥他人与喧哗

思想的野马

在天际飞翔

不能干扰它的路径

亦不能惊吓动摇它的意志

奋笔书写的时候

文字是我放飞的小鸟

它们正在我的方块地里行走觅食

秋天

我在忙着收获

我已好久没有感到孤独了

孤独是孤独者的享受

孤独是独行者

没有伴侣

全世界的孤独

是秋天

最后飘落的那片叶子

花开的夜

花开的夜

点点星光伴着月光

洒在桃树上
桃花粉嫩的脸
在远离尘嚣的地方悄悄绽放
清风徐徐
花瓣颔首致意
花开的夜
芳香溢满夜空

岁月翻过一页页
在记忆的长河中
打捞旧日的时光
寻找曾经的纯真
那个起风的日子
在清凉的夜里享受孤独
这个花开的夜
与你品味静谧
别让惊雷
打破夜的安静
让花　在黎明时绽放

心　在蝴蝶的翅膀上飞

满眼的青草

铺到了天边

你在草地上

追逐一缕风

你呼吸过的空气

总会飘出一朵云

那些云

都开出奇形怪状的花

每朵花开

都有你的身影

有时候

我会追逐你的影子

往山顶跑

你会柔情地把山顶的树木

青草擦亮

站在山顶

看透明的蓝

看醉心的绿

真想像一颗露珠从草叶上滚落

山谷的河流

在吟诵一首诗

把奔流的情怀给我

把水的善良给我

还有水上飘的白云的柔情
都给我
让我的心
在蝴蝶的翅膀上飞翔

青春岁月

岁月的记忆
缀满金色
蓝色的港湾
荡漾青春的涟漪
灯光下翻看一本书
掩卷沉思
青春的岁月
很近　又很远

青春的五月
多彩的五月
青春的岁月有你有我
去看相思的海
去看舒卷的云
去走风景曼妙的路
与爱的人同行

青春不老

去拥抱美好时光

寒

透彻的寒

从前心贴到后心

风

一刀刀在割裂我的脸

积雪压着厚实的荒原

雪　本是柔情的水

此时却尖硬的像铁

我在旷野上踽踽独行

风雪

正在掩埋我的忧伤

泪已成霜

心如冰冻

偌大的荒原

我茫然无助

你已远去

像飞鸟划过长天

没留下一丝痕迹

曾经的纯真
被冰雪冷冻
寻觅你
如同寻觅春天的身影
我的灵魂
在雪地上孤独行进

破碎的心

七月的思绪
被日子拉长
青山依旧　绿水悠悠
小院固守最初的岁月
记忆中的翩翩少年
只留下一个远去的背影
左边的青山和右边的绿叶
都被泪水打湿
月亮倾注一世温柔
带不走我的忧伤
花瓣上的晨露
如悬崖上的舞者
一阵轻风
就会使其訇然坠落

破碎的心
如水珠般散落
谁在幽深的小巷
倾听我的哭诉

往后的时光

冬夜怎么也熬不到天亮
漫漫长夜，我在冥想
想那心底流淌的颤音
想那个月亮下的影子

夜深沉，遥望天边的明月
多像一枚玉珮挂在我心间
带给我几多遐想，几多安慰
月光，深沉的月光
曾经溅满泪光

寂寞时有琴音如流水
月光般倾泄
悲泣时你的泪水淹没我的泪水
迟来的月光
散发着太阳的味道

漂泊的心

一颗心
怀念另一颗心
心与心
有感应吗
一个人
想念另一个人
需要多久才能相见
一双流浪的脚步
什么时候才能走近你
秋季
落叶如诗

西风漫卷
飘过多少往事
记得秋天
又见冬天
寒冷 孤单 寂寞
什么时候
这颗起起伏伏的心才能归家
那个无言的冬季会送来白白的积雪
南飞的鸟儿
带去对你的问候

甜蜜

一阵细雨敲打我心

一阵春风撩动思绪

一树花开

点燃了春天的激情

花落了

花蕊中的果实

在爱和风雨中成长

生命的诞生

那般鲜活壮美

多少机缘

才能成就一个幼小的生命

一棵小草

一片叶子

一缕阳光

如此丰富的世界

唤起多少内心的甜蜜

一声啼哭

婉如最美的颂歌

失落

风筝离我远走了
远离了视线
心
一片茫然
一片云诱惑风筝
风筝在哪片天空飞翔
翼下可曾藏着爱的故事
一个失去了方向的风筝
还能否点缀时光的空白
轻风托举着风筝
风筝牵着我心
我听到了风筝坠落的声音
谁能托举起一颗失落的心

又是三月三

三月桃花朵朵
春风拂动柳叶
时光打开了通往青色的门
万物都在倾诉美丽
满眼春光

谁在争相阅读

鲜花万朵灿烂

唯独钟情梨花

清洁的精神白云可鉴

清纯的面容婉如少女

蜜蜂采撷甜蜜

蝴蝶在高枝追花

花朵触动久远

眼前晃动白发

枝干间探出一张饱经沧桑的脸

仰望高大的树冠

我曾在树下乘凉

鸟儿在枝头鸣叫

种树栽花的人已远去

梨花带雨

溅起一地忧伤

秋的对话

遇见了最美的秋

遇见了生命的浪漫

遇见了一缕芬芳

遇见了红红的霜叶

遇见了金黄的胡杨

遇见了秋
遇见了火红的金秋
笑靥中绽放花的灿烂
与秋的对话如此炽热
火红的激情
燃烧了心的沙漠
岁月的花瓣
飘来诗情画意
曾经的岁月
你在高山
你在海角
你在天边

当我们不再年轻
遇见你
遇见了最美的秋天
让我凝视你
让我抚摸你
让我拥抱你

远看云烟

远看云烟
飘走了多少往事
激情燃烧的岁月
青春相伴
千山万水是画中的风景
夕阳里的繁华胜地
沉淀了多少辛酸的故事
美好的年华
刻在岁月的记忆中

远看云烟
夕阳西照
血色浪漫
如梦如织
一颗跳动的心
犹如雪在烧
在冬天的路口翘首盼望
那朵云霞
月上柳梢头
古老了一个传说

洒满忧伤的小路

星光坠落
充盈在身体里的寒风　卷着枯叶
黑夜　张开黑色的翅膀
那条洒满忧伤的小路
被黑夜吞噬
小路　曲曲弯弯　起起伏伏

弥漫着淡淡的哀伤
我一路漫长地奔跑

脚步　**重重叠叠**　来而复去
红叶　曾在天空舞动旋转
又随风飘飘向远　悄然而逝

小路　捡拾着形迹斑驳的记忆
回眸留恋和温暖

光阴一寸寸地挪动
尘世之中　走到路的尽头
可否远离
枯叶和寒风

告别

树与叶子的告别
是诗意之美
还是悲壮之美
一切生命离开母体
都有撕心裂肺之疼
树疼了吗
叶子疼了吗
如果都疼痛
是谁导演了分离
是秋风太冷漠
还是冬天太无情
叶子落地的声音
如陨石坠落
大地的心在震颤

今生再无法与你相伴
春天是曾经的记忆
躺在地上只有沉默
鸟儿在光秃秃的枝干上闭目
可否为叶子叹息
告别
仿佛去远行
曾经的鲜嫩光亮

是昨天的风景
泪　在老树眼中流淌
两片爱恋的叶子
会抱在一起化为泥土
静静地消失

暮色

静静地倚靠窗轩
看秋色的变幻
黄叶
红叶
阳光下绚烂
峥嵘岁月
色彩缤纷
你的光芒
照耀我心
秋色里
看薄暮晚霞
西天流云
是我舀的一勺辣椒水
诱惑
云朵里的暮钟

我就这么凝神地看

最后的辉煌

被风提起的往事

往事既已过去

为何被风提起

它　吹醒我

记忆深处的记忆

本该早已淡忘

为何又历历在目

月光　凄厉的照耀

灵魂　无处栖息

走过的路

遍地泥泞

那深深的池塘

一圈圈散发着涟漪

是谁的心

没入无边的悲伤

东风还是西风

有心还是无情

既已远去

为何又把曾经的伤口撕裂
让时光疼痛
错过了花季
错过了美丽
风中的故事
被雨打风吹去
昨夜的星星
在寒夜中坠落

云在飘

一朵云
孤舟般游弋
一朵朵云
绵羊般奔跑
身姿
跳跃成天边的诗行
一片洁白的手帕
柔情似水
就让玫瑰色的绚丽来诱惑我
你掠过山川
挥动七彩霞
凝视你的脸颊

我看见了你的伤口

我感到了你被风撕扯的疼

凝眸

我潸然泪下

那片白云

寄托着我深深的情思

那里有父亲的微笑母亲的泪

追逐你

我荡起双桨

划动月亮船

驶入你的心海

彩云　撩动我无边的思绪

那时　云淡风轻

那时，云淡风轻

你像一朵洁白的云

我站在原野上

微风掠过

蔚蓝的天空

你常常变幻色彩

赤橙黄绿

第二辑 爱的絮语

我惊叹于你的美艳
遥望你的灿烂

炎炎夏日
火红的朝阳绚丽我
暴热的阳光穿透我
那氤氲的岁月浸染我
你炽烈的情愫拥抱我
我愿化作一朵云

梦醒的时候
天依然那么湛蓝
泪水淹没落日
寂寞的天空
没有一丝云彩
心被冷冻过一次

云淡风轻
我悄悄走近你
如同采摘棉花一样
抚摸你柔软的躯体
一阵风吹来
你离我远去

第四辑 塞北江南

- 镇远楼 / 191
- 丹霞 / 192
- 血色土地 / 193
- 风景 / 195
- 马 / 195
- 月照边关 / 196
- 仰望军旗 / 198
- 卓玛 / 200
- 时光 / 201
- 月光下的驼队 / 201
- 兰山 / 203
- 昨夜的风 / 204
- 漠风 / 205
- 河边 / 206
- 黄河岸，浪花的沉思 / 207
- 月牙泉边 / 208
- 扁都口 / 209
- 七月的思念 / 211
- 雪峰 / 212
- 高原 / 213
- 坚守 / 214
- 黄河之都 / 215
- 心怀感激 / 216
- 青瓦 / 219

- 说不尽的江南 / 220
- 绿岛 / 221
- 凤凰花 / 222
- 西湖 / 223
- 江南行吟 / 224
- 峨眉山之夜 / 225
- 刘公岛 / 226
- 江南 / 228

镇远楼

数百年在风雨中站立
极目　云烟浩渺　商贾往来
翘首　目视四方　望断神州
东看金城春雨
西望玉关晓月
坐南祁连望雪
向北居延古牧
一口钟　浑厚悠长的声音
震落了祁连山顶的白雪
在你身边　我沐浴秦时明月的幽情

伸手　张中国之臂
拥抱八方来客
万国博览会华盖如云
旌旗招展　急管高歌
驼队西行　丝绸铺向西天的云霞
马可·波罗一路向东
驻足张掖　倾听黄钟大吕
八声甘州的神韵

镇远楼　胭脂山为你着彩
五百余年
你镇关锁钥　戍边安民

站立成为金张掖的地标

俯视一带一路　你九重在望

万国咸宾　声达四方

湖山一览

镇远楼

涌动万千气象

丹霞

你是七仙女

把七彩的裙子撒落在了这里

你是天上的红霞

飘落在了这里

你是上帝

脸颊上的一丝微笑

这迷人的色彩呀

就醉了南来北往的人

赤橙黄绿青蓝紫

这瑰丽的色彩

缠绕着一座座山峰

鬼斧神工的大自然

多姿多彩的大自然

惊艳了天
扮亮了地

天上飘过许多云
天上下来滴滴雨
云开了　雨停了
雨洗过的丹霞
太阳照耀的丹霞
是仙境　是天堂
风光如画
画怎比风光
我想一瞬都不眨眼
把这风光刻录在心的底盘

血色土地

彩霞
把祁连山染红
把奔腾不息的黑河水染红
黑河　分明是红河
分明是一条热血激荡的河

黑河

流淌着太多的血

流淌着西征将士

凯歌进新疆的满腔热血

流淌着西路红军悲壮的热血

流淌着汉家将士血战匈奴的血

血色浪漫

浪漫成凝重与壮烈

我想骑一匹枣红马挥戈西行

寻找一个民族喷涌的血性

血性的土地

处处留有血色印记

百日草

摇曳花前月下的柔情

焉支山

女儿脸上的两朵红晕

丹霞

如此鲜明的色彩犹如血在烧

西望祁连

一缕豪情油然而生

残阳如血

苍山如海

风景

风　掀开冬的模样
天空的蓝渗透心底
炊烟在树梢飘荡
鸟儿　驮着五彩的梦飞翔
阳光洒落希望的色彩

小河流向远方
远天远地
如同心的悠远
西望祁连
埋藏着多少往事
远处的风景
正越来越近

马

朝霞收获了一声马嘶
骏马驮着太阳追赶长风
四蹄凌空
马鬃飞扬成美丽的倾诉
目光袒露阳光一样的自信

骏马飞驰
原野上掠过一道闪电

时光的碎片从马背上跌落
纵马驰骋的英雄风一般穿行
金戈铁马厚重了历史的画卷
骑马出塞的美人
忧郁了古道西风
马驮着云烟走进历史的深处
时光骑在马背晃晃悠悠

月照边关

一轮明月冉冉升起
哨所披上了银色的月光
那棵白杨挺拔俊秀
叶子送来轻轻地问候
不远处的界碑巍然耸立
手握钢枪
一丝自豪油然而生
我在为祖国母亲站岗

哨卡的夜静谧安宁

那轮圆月
挂在白杨树梢
明月传情
清风送去祝福
此刻　千里之外的故乡
父亲正在打麦场上扬场
母亲给他送来了西瓜　锅盔
父亲扬起沉甸甸的麦粒
也扬起了金灿灿的希望
父亲收获的是粮食
我收获的是和平

边关的月亮又圆又大
我用警惕的目光环注周边
对面山坡上
我们用石子堆的
"祖国万岁"几个字分外清晰
想到祖国
顿感责任如山
行走在边防线上
如同行走在故乡的小河边
边关与家乡
很远又很近
月照边关

月照故乡

仰望军旗

仰望军旗

激情澎湃

血染的旗帜

在南昌城头飘扬

从此　一个民族的血性

一个民族的不屈

一个民族的希望

在旗帜下凝聚

凝聚排山倒海的力量

凝聚钢铁般的意志

凝聚敢打必胜的信念

在旗帜的引领下

以冲锋的姿态

前进

军旗

经历了多少战火硝烟的洗礼

浸染了多少英雄豪杰的鲜血

血染战旗旗更红

军旗　飘扬在二万五千里的伟大征程中
飘扬在十四年
为民族独立自由的浴血奋战中
飘扬在横扫千军如卷席的
三年解放战争
飘扬在朝鲜三千里江山
飘扬在一场场固守疆土的自卫还击战中
风展战旗如画
人民军队战无不胜　攻无不克
为人民
抛洒一腔热血

我想吻一吻这面鲜艳的军旗
感染英雄的铁血豪情
侠骨柔肠
我想吻一吻这面鲜艳的旗帜
汲取力量和勇气
仰望军旗
我心潮起伏　热泪盈眶
仰望军旗
我看到了东方那轮鲜红的太阳
仰望军旗　我缓缓举起右手
敬礼

卓玛

美丽的卓玛

沿着草原的方向

带着一身格桑花的芳香

带着一身草原上的绿风

向我轻轻走来

走进了我的世界

你清澈的眸子

是高原上的湖泊

你绯红的脸颊

是草原上的红霞

卓玛

你的歌声宛如仙乐般美丽

你的舞姿衣袂飘飘般轻盈

卓玛　美丽的卓玛

美过绚丽的朝霞

你挥动鞭子

放牧牛羊　也放牧着星辰

你摇动着轻幡　也舞动着青春

卓玛　天使卓玛

你的鞭子

会轻轻抽打我吗

时光

风轻云淡　雨润芳菲
轻轻地去看一片花海
　心　随风飘逸
时光划过人生的轨迹
　　指间的缝隙里
　　滑落一些往事
　　　瓦蓝的天空
太阳的光环正在扩散
　　　望一眼月亮
你将在阳光消失后亮相
那朵羞涩的云蒙蔽我的视线
　　风似永不停息的歌
　　　　坚执前行
　　正在穿越时光的隧道

月光下的驼队

　　　驮着月光走
　　驼队在沙漠里跋涉
　　那一望无边的天际
　　　放飞悠长的思绪

沙海里传出骆驼客

浪漫的情歌

漫漫的脚印

丈量人生的路

沙柳　骆驼草　胡杨

传递生命的色彩和硬度

弯曲的沙梁像一条抛物线

那只哭泣的骆驼跪在沙海

它要寻找母亲的身影

泪眼里闪耀着迷茫的光

悲壮的叫声响彻胡杨林

驼铃摇碎晨曦

摇落夕阳

它不知要穿越多少沙山

背负着使命和坚忍

爬起来继续走

走着走着它倒在了沙海

再没有睁开眼睛

沙海吞噬了多少生命

遥望天边的星星

何时才能到达生命的绿洲

心想爱人的影子

骆驼客的心在颤抖
一条长长的路
铺满了你的艰辛苦痛
揉揉眼中的沙子
拉着骆驼前行
祁连山下的那个小城
你的媳妇孩子在热炕上等你

兰山

隔着玻璃窗
就能看见云遮雾罩的兰山
三台阁
静静的俯视兰州
兰山
一座城市的标志
仰望兰山
仰望古老与现实

兰山的绿
飘荡着诗意与遐想
阳光覆盖的叶子
闪烁美丽的光斑

行走在林间
与秋天对话
渐渐的
多了一些成熟
多了一些冷静与庄重
一些思想
落入沟壑山涧
兰山
正在静静地沉思

昨夜的风

遥远的小村
吹来阵阵凉风
一缕霞光
洒落西山
马兰花
已经枯萎
走过这片土地
错过了花季
远望旷野
菊花傲放
行走在小径

第四辑 寒北江南

一片灿烂
悠悠情思
漫过时光的脚印
相思的红豆
种满心结
昨夜的风
传来一阵琴声

漠风

一粒沙子
听见了骆驼的哭泣
驼铃
摇醒了酣睡的沙海
金黄的沙脊
刀锋般切割蓝天
一丛丛骆驼草
被风惦记
一粒沙子
流动为边塞诗中的吟唱

云的影子
孤独地徘徊

一只孤雁

凄切地鸣叫

红柳花

沙海中绿色的追求

漫漫黄沙

承载着破碎的马蹄

西去的驼队

还有英雄的叹息

漠风

正在散淡历史的记忆

河边

守候在河岸

看流水东逝

芳华里遗失的流年

带走了青春的容颜

波峰浪谷

跌宕着起伏的岁月

大河

冲走了多少沧桑与惨淡

浣纱女

把陈旧的日子洗亮

背水的汉子

背着湿漉漉的期盼

羊皮筏子

坐疼了阳光的腰

大河

流淌着长长的思念

流淌着无尽的悲伤

流淌着几多的哀怨

一桥连接南北

河那边

日月正新

黄河岸，浪花的沉思

黄河岸边

我捕捉到一朵浪花

一张大河的名片　是河水的经历

望东逝滔滔

柔情似水　水似柔情

是生命之花　在岁月的河床上

产生的感应　一朵　两朵……

无数浪花都开放自己的个性

我两手空空如也

左手白塔　右手白杨
山和树的影子
总是浮在水面　沉不下去
每朵浪花下都埋着一块
沉静的石头　像是在昭示某种蕴含
我的黑发随你漂流
在浪花走不到的故事里
长成森林　长成人生
你日夜流淌荒原和绿洲的怀念
等待一个百合花环绕的雨季
把阳光改编成彩虹
把月光改编成梦境
青春不会退潮　我的浪花
不会当成鲜花零售
浪花的爱情应当完整　读懂了浪花
你就读懂了浪花下沉思的石头

月牙泉边

星星失恋了
泉湖夜夜向我靠近
相思的季节　你为何不来
你说虞美人倚在窗前

一部边塞抒情诗被美丽动摇
忍不住鸣沙山茫茫的寂寞
悠悠的驼铃声
唤起最初的相逢
夜光杯斟满三月梦幻
为你遥远地祝福
今夜柔情无帆无岸
隐约的风中　我们畅饮同一轮月晕

从此　我的眷恋
再也寄不出去
任一段秋波划过夜的林阴
羌笛和长城都老了
虞美人的忧伤醒着
被丝路缠绵着

扁都口

天　被山挤扁了
云　像滚石般凌空欲下
一只大鸟翅膀倾斜
才能侧身飞过
扁都口

我的思绪像纱巾般飘过

扁都口的云
挤滴几点历史的雨
扁都口就被传说淹没
霍去病一夫当关
卫青就可养精蓄锐
隋炀帝大败吐谷浑
焉支山下
华盖如云　旌旗猎猎

扁都口的金黄
点亮一片金色的记忆
扁都口的油菜花香
芬芳了神奇的传说
蝴蝶　蜜蜂
飞舞一片生机
一片希望
站立高山之巅
俯视花的原野
我想在花草丛中睡一夜
今夜
那风　一定很柔很柔
星星　一定很亮很亮

七月的思念

七月流火　远隔千里的我
折叠大把大把的思念
托云雀捎往遥远的边关
而那万山之祖
鸟儿都无法翻越

心　像鱼一样搁浅在沙滩
你　在人迹罕至的地方
固守着清冷的月光

此刻　你的眼睛
又像鹰隼一样
警惕地巡视荒凉的群山
你说那里又高又冷
你说那里缺氧头疼
你说那里四季飘雪

在那片离天最近的地方
你站立成最美的风景
如冰峰雪岭中的雕塑
我只好把思念捎给那朵白云
那云朵　是我的指尖
它会轻轻地、轻轻地

触摸你黑黑的脸颊

雪峰

下雪的日子
天空不再寂寞
风中的遐想，玉蝶般飞舞
还记得那个冬天吗
我们踏雪漫步
你说，这漫天的雪花
都是你送给我的礼物
瞬间　那些雪花
都有了生命的色彩
一瓣瓣落在我心上

你常给我描摹那里的情景
在我的印象中
那是一个冰雪的世界
你们在雪地训练
在雪中巡逻
在雪中刨冰
雪　成了生命中的一部分
后来　在一次巡逻中

发生了雪崩
走在最前面的你
与军马　还有更多的雪
融为一体
冰峰耸立的高原
又多了一座雪峰

今天，又下雪了
我想把这漫天雪花
都送给你，增加你的厚度和高度

高原

是大地的隆起
是天空的呼唤
裸露躯体
也要擎起一片天空
高原上的太阳
长着坚硬的胡须
高原上的月亮
板着清冷的面孔
高原上的鹰
翅膀驮着雷电

高原上的人

胸怀比高原宽阔

高原上的歌声那般高亢

高原上的笑声那般爽朗

高原上的汉子那般豪迈

高原上的女人那般刚烈

历经沧桑的高原啊

饱经风霜的高原

置身高原

就有了高原的境界

置身高原

就比高原更接近太阳

坚守

天上的白云和地上的羊群

都被时光驱赶着奔跑

白云划过山脊

白云跃过沟涧

云的故乡

是天空还是大地

一朵漂泊的云
不会洒下孤独的泪
云是天空的留白吗
羊群在草地上行走
这是大地的纯洁和温柔吗
在充满尘埃的世界里
总有一些生灵　事物
乃至浮云
坚守着最后的底线

黄河之都

滔滔黄河水
流淌着心中的喜悦
一座座高楼
向天空倾诉着向往
黄河上的羊皮筏子
向游轮诉说往事
西去的驼队
消失在了历史的云烟
一列列复兴号动车
东来西往
高高耸立的白塔

阅尽了沧桑流年

站在兰山之巅
放声高歌
四月的桃花
染红了天边的红霞
牛肉面的清香
散发着不尽的诱惑
一朵朵祥云
缠绕在三台阁的塔尖
兰州，瓜果飘香的兰州
我生生不息的热土

心怀感激

有时在清晨里听鸟的歌唱
我会为自然的和声感动
多么美妙的天籁之音呀
草木都在倾听
有时看看天空中洁白的云
会感叹于云的曼妙和轻柔
如果蓝天上没有白云
是否像鲜花没有绿叶

夏日的凉风
冬天那一堆温暖的炉火
都令我心生感激
感激时光带给我悠长的回味
穿越时空的隧道
我总在想我们的民族和国家
遭受的磨难和屈辱
列强的侵略
一个个不平等条约
令我的祖国，我的母亲伤痕累累，满腹心酸
黄河在哭泣
长江在哭泣
泰山在哭泣
黄山在哭泣
危难中
总有英雄的儿女
挺起不屈的脊梁
他们一腔热血奋起抗争
反抗压迫，抵御外侮
长城内外
一个个冲锋的身影驰骋疆场，浴血奋战
大江南北无数男儿奋不顾身，气贯长虹
多少英雄的名字
镌刻在血染的旗帜

我的祖国　我的母亲

你历经磨难

终于屹立在世界的东方

你是初升的太阳

你是隆起的高山

你是澎湃的大海

你的激情

如熊熊燃烧的火焰

点燃亿万炎黄子孙不屈的信念

建设美丽的祖国

让神州大地旧貌换新颜

七十年顽强拼搏

七十年不竭奋斗

七十年砥砺前行

今日华夏

天宫北斗翱翔太空

量子通信独步天下

5G引领世界

高铁驰骋四方

航母驶向深蓝

祖国啊

你给了我多少自豪自信

昂首注目朝霞中的五星红旗

我又一次心生感激眼眶湿润

青瓦

湿冷的风
从江南的屋顶吹过
扑向马路小巷
带着<u>丝丝</u>寒意
验证南方人的忍耐力
小巷的雨嘀声
为风伴奏
青瓦
俯视风雨中的匆匆行人

瓦屋上的水
滴落在青石板上
一切那么平静
青石板上的行人
正往老屋走
沧桑的老屋
栉风沐雨
老屋
装着古老的岁月

撑着油纸伞的姑娘
在雨中浪漫地行走
一袭红裙

惊艳了小巷的风雨

梦里江南

青砖青瓦

风吹过

岁月滑落

雨的声音好似评弹

让世界悄悄地静听

屋顶的青瓦

日光跟着红衣少女在走

说不尽的江南

杂花生树　草长莺飞的江南

花红柳绿　小桥流水的江南

行走在江南

看过的风景

脑海已留存不下

删除　哪一幅都那般珍贵

远山如黛　近水含烟

烟雨蒙蒙　如梦似幻

江南的女子

一袭旗袍惊艳了夏天

江南　梦里水乡

行走在江南
管弦丝竹　悠扬了谁的梦
笙歌清音　诉尽了谁的衷肠
江南　梦里江南

绿岛

绿岛的风
吹来南国的柔情
白云深处
可有我放牧过的羊群
我的灵魂
在白云高处栖息
绿岛的天空
盘旋着两只大雁
它驮来了故乡的日月
一声鸣叫
划破了时空

绿岛的阳光照耀五月的梦
海水激起浪花拍打礁石

这蔚蓝的海水

一开始就是咸的吗

江河奔流归大海

这里有黄河不屈的咆哮吗

这里有长江翻飞的浪花吗

绿岛的水

是母亲的泪

泪水　比海水更咸

沧海桑田

这多情的水

正在愈合时间的缝隙

凤凰花

一片红霞飘落

一个个仙女盛装伫立

一个个凤凰

翩翩欲飞

凤凰花

灼灼欲燃

火样的青春

灿烂了五月的天空

你的绚丽

是生命激情的渲染

一条爱河波澜不惊
一条小船载来晨曦
一树红花倒映水面
水里的树与岸上的树
根连着根　手拉着手
碧水清波
红透了流淌的岁月
凤凰花开出的美丽
氤氲了城市的初夏
我的思绪
在花瓣上飞扬

西湖

一湖水　深沉得像历史
微风荡起波纹
扩散着苏东坡、许仙、白娘子的传说
树的倒影抹绿了湖水
轻舟划开水中的太阳
三潭印月岛上的千年古树
阅尽多少往事

荷花点燃水的梦

雷锋塔已老
还能镇得住妖魔吗
断桥　总会引起不断的思绪
树上的鸟儿正在探讨一些简单的事情
阳光为西湖增添明媚的色彩
暖风把游人熏醉
西湖　只有西施才能媲美
她正在湖边浣洗那千年薄纱

江南行吟

烟雨江南

是诗人千年的吟诵

西湖岸边

姑苏城外

唐诗宋词

在山水间律动

今夜的月亮

是李白捞上来的

是苏轼把酒灌醉过的

千古悠悠

春风又绿

烟波浩渺了历史的云烟
孤帆悬挂着无尽的惆怅
大江东去
流淌几多忧伤哀愁
柳絮飞扬
红飞翠舞
诗画江南
一曲唱不尽的歌

峨眉山之夜

坐在山中的院落
听风
风中有秋虫的声音
有叶落的声音
还有猴子的叫声
声音静响
使夜寂静　悠远
峨眉山
灵秀的山
智慧的山

今夜　月照金顶

普贤菩萨沐浴着月光

我搂着月亮入眠

沐浴着普贤菩萨的月亮

也沐浴着我

明晨醒来

我会更加聪明富有智慧吗

睡在峨眉山上

静听一夜的美丽

风掠过山林

树叶把月亮揉碎

也把心揉碎

今夜　你在何方

松间的明月

还是故乡的那轮明月吗

刘公岛

走进这座岛屿

海风怒吼

呼啸的风拍打着岸

海中的浪花

翻卷起昨天的记忆
惊涛中驶出一艘艘战舰
定远号　镇远号
悲壮的向敌舰冲去
那百年英烈
仿佛还在海上呐喊

看着这片被血浸染的海
思绪飞过蓝天
飞过历史的云烟
靠坚船利炮割地赔款
奴役一个民族的历史
再也不可能发生了
犯我强汉者
虽远必诛

湛蓝的大海
波涛汹涌
海鸥飞翔
刘公岛渐渐远去
我的思绪沉重
夕阳西下
刘公岛悲壮得像英雄的叹息

江南

淡淡的烟雾

包裹着江南

雨潇潇

情深深

一叶若隐若现的轻舟

树叶般漂在水面

相思，丝丝缕缕

如江南的雨淅淅沥沥

走过风华雨夜

走进那条深沉的小巷

旗袍美女

红唇皓齿

聘聘婷婷撑起的油纸伞

诉说昨天的思念

青瓦上滴落的水珠

仿佛在讲一个美丽传说

一世的情缘

化作袅袅青烟

在江南的屋顶飘逸

思念成风

把七月揣入梦乡

捧住一弯新月

带我归家

后 记

　　立冬了，春天已经远去，夏天走了，秋天也走了，就像我的人生，青春远去，中年也即将过去！

　　但春天真的走了吗？未必。

　　文学是我青春的梦，从20世纪80年代初发表第一篇文学作品始，文学就和我结下了不解之缘，它一直是我的追求。虽然成家后忙于生计，再很少发表作品，但阅读和写作从未停止过。

　　人到中年，诸事和顺，我也从纷繁的事务中解脱出来，如一条奔腾的小溪，悠然化作一个深潭，流动地缓慢起来。站在初冬的寒风中，检视往事，我似乎又看到了自己青春的影子，看到了珍藏在心中的那个旖旎的梦。我要用手中的笔，继续抒写我的青春，我的梦想。

　　从2016年夏天至今，在近四年的时光里，我又开始在文字中徜徉，用手中这支笔，书写我脚下这片古老的土地，以及生活在这片土地上的人们，当然还有我的童年、青春……一首首诗歌发表了，一篇篇散文见报了，在短短几年间，我就在国家及省市级报刊上发表诗文四百余首（篇）。收在这本薄册子里的一百七十余首诗，就是从我已发表的诗歌中遴选出来的。之所以出这本小册子，无他，一则是对以往岁月的一种怀念，一则是对自己近几年写作的一个总结。这些诗作有些难免稚嫩、青涩，但好在都是从心底流出来的，有真情，自己都还喜欢。感谢陕西师范大学出版总社，感谢责任编辑张建明先生，感谢多年来一直支持我的各位朋友，还要感谢我的家人，我今天能取得这么一点成绩，离不开你们的支持和呵护。在此，请允许我向你们致以最真诚的敬意。

　　春天从未远去，只要有梦，就会生长绿色！

王芬霞

2019年12月1日